O SAL DA TERRA

O Sal da Terra:
1ª ed. 1965, Ed. Civilização Brasileira (RJ)
2ª ed. 1980, Ed. Ática (SP)
3ª ed. 1984, Ed. Ática (SP)
4ª ed. 2010, Ed. LetraSelvagem, Taubaté (SP)

Caio Porfírio Carneiro

O SAL DA TERRA

LetraSelvagem

Grafia atualizada segundo o Acordo Ortográfico da Língua Portuguesa de 1990, que entrou em vigor no Brasil em 2009.

Associação Cultural LetraSelvagem:
Praça Santa Cruz da Exaltação, 21 - Jd. Maria Augusta
12.080-540 – Taubaté-SP/Brasil. Tel: (55) (12) 3635-3769
letraselvagem@letraselvagem.com.br
www.letraselvagem.com.br

Diagramação: Cesar Neves Filho
Capa: James Valdana
Ilustração da capa: James Valdana (Casa de tarefeiro sobre foto de Pacífico Medeiros)
Preparação e revisão: Nicodemos Sena e Marli Perim

Posfácio: João Clímaco Bezerra

O logotipo LetraSelvagem *foi idealizado a partir de cerâmica Aruak, padrões utilizados nas bordas dos vasos, compilados por Koch-Grünberg em 1910.*

Coleção Gente Pobre
Organizador: Nicodemos Sena

Dados Internacionais de Catalogação na Publicação (CIP)
(LetraSelvagem, Taubaté, SP, Brasil)

Carneiro, Caio Porfírio, 1928 -
O sal da terra / Caio Porfírio Carneiro. —
Taubaté, SP: LetraSelvagem, 2010.
128 p.
1000 exemplares

ISBN 978-85-61123-06-2

1. Literatura Brasileira - Romance
I . Título CDD - B869.93

coleção gente pobre
Vol. 4

Para
Braga Montenegro e Moreira Campos

E para os manos Manoel, Luiz Mauro,
Hesíodo Antônio, José Júlio,
Ricardo e João Batista

SUMÁRIO

"Tornei-me, porventura, vosso inimigo, por vos dizer a verdade?"

Epístola de São Paulo aos Gálatas 4:16

"Salina é caiada como cemitério"

Palavras de negro Valério

O SAL DA TERRA

Um brabo, anos atrás...

Já pegou em ferro-de-cova?

– De quê?

– Ferro-de-cova.

– Não, senhor.

O homem encarou-o alguns instantes, mãos nos quadris, blusão de linho, chamou o auxiliar.

A fila estendia-se por dezenas de metros. E toda a salina era um vasto formigueiro branco. Pirâmides de sal grosso, sobre os aterros, perfiladas, imponentes como estátuas. Sol a despejar sua cegante luminosidade.

O auxiliar aproximou-se, papéis na mão:

– Diga.

– Este brabo fica também. Leve ele. E meta logo no serviço.

Submisso, encolhido, o novato tarefeiro continuou ali parado, indeciso, vai-não-vai, olhar de interrogação.

– Vamos, seu brabo! Siga este homem. Ou para que diabo se meteu na fila?

Desorientou-se, um pé coçou o outro, decidiu-se:

– Hem?... Pois sim... Sim, senhor...

Saiu no passo mole, alpercatas de rabicho, esforçava-se para acompanhar o andar ligeiro do auxiliar.

A salina era um viveiro de homens a subir e descer pelas longas pranchas estreitas, a transportar cestos transbordantes de sal grosso. Nos baldes, dezenas de mãos, em ritmo uniforme, cadenciado, batiam os ferros-de-cova e chibancas nas ramas cristalizadas para espatifá-las. E os pequeninos estilhaços brilhavam ao sol como agulhas.

– Arreie aí sua carga.

O novato tarefeiro deitou o saco no batente de paiol, tirou o chapéu e escorreu o suor da testa com o indicador. Fitou, apertando muito as pálpebras, a pirâmide de sal sobre o aterro.

– Não olhe muito pra brancura. Você não está acostumado.

– Dói na vista.

– Avisei. De onde veio?

– Do sertão. Trabalhava...

– E onde mora?

– Cheguei ontem e vim logo caçar serviço. Minha mulher e os dois meninos estão debaixo dum cajueiro, aqui perto.

– Pois procure morada. E não muito longe. O serviço aqui começa às seis. E em noite de lua o serviço entra pela madrugada.

– Sim, senhor.

– Já viu salina?

– Vi não. Cheguei do sertão...

– Sei disso. Por hoje guarde os teréns aí no canto do paiol e tire as alpercatas. Esta salina se chama *Margarida*.

– Como?

– *Margarida*.

– Como nome de gente...

– Mas não é gente, é salina.

– Sim, senhor.

– Tem calção?

– Tenho não.

– Precisa. Arregace as calças. Isto. Tire essa camisa. Ninguém se mete vestido no cloreto. Depressa que tem mais gente para atender.

Obedeceu nervoso, encabulado, sem jeito. Mundo estranho aquele em que se metera. Ouvira sempre dizer que nos períodos de seca as salinas dobravam de produção, necessitavam de braços e mais braços, que a safra de sal era muito grande.

– Pronto?

– Sim, senhor...

Ficou ali, nu da cintura para cima, calças arregaçadas nos joelhos, braços encolhidos, em cruz, escondendo pudor.

– Não, não. O chapéu é preciso. Bote ele na cabeça. Ora já se viu... Você sabe o que é quentura de sol?

– Sei. No sertão...

– Que nada! Bote o chapéu. E me acompanhe. Isto aqui é salina, não é sertão.

Dirigiram-se ao aterro. E do alto do barranco o auxiliar soltou o grito, mãos em concha cobrindo a boca:

– Êi!

Veio o caraolho, suor a pingar do queixo:

– Sim?...

– Este brabo vai começar hoje. Vem do mato. Não conhece o serviço, nunca viu o mar. Meta ele nos cestos.

O novato tarefeiro admirava, de perto, a legião de homens sobre chibancas e ferros-de-cova, suores a escorrer coleantes, de costas luzidias, joelhos emergindo da água choca dos cristalizadores, coalhos de sal verde a se abrir em gomos.

– Meter esse brabo nos cestos?

– Bote nos cestos. Tem muito sal para carrear. E se prepare que vem mais.

O auxiliar retirou-se, papéis agora presos ao sovaco. O novato tarefeiro acompanhou-o com o olhar, como a pedir proteção. Aquilo tudo lhe parecia muito confuso: gente a quebrar sal, a correr no chouto ligeiro sobre os empranchamentos, conduzindo balaios. Ouvia ordens esquisitas: "Limpa os salitros!" – "Cuidado com a revência!". E, queimando como brasa, um sol reverberante, a doer na vista e nos nervos como mil navalhas.

– Desça aqui. Ligeiro.

O novato tarefeiro desceu o aterro, para dentro da salina, com cautela, escorregando.

– Cuidado, seu brabo! Você se estrepa nas águas-mães.

Viu-se no meio dos homens, sentiu-se um estranho, um empecilho. Equilibrava-se sobre tábuas, sem habilidade. Sentiu o encontrão, desequilibrou-se, por pouco não cai.

– Olha a frente, brabo! Quer que eu derrame o sal?

O caraolho puxou-o pelo braço:

– Aprenda primeiro a andar sobre as pranchas. Fique aqui. Pronto. Venha agora devagar, na minha pisada.

Acompanhou com prudência exagerada, coração pulsando forte, medo de despencar da prancha e cair num dos cristalizadores, onde grupos de homens quebravam o coalho espesso de sal e o recolhiam em pequenas pirâmides.

– Isso. Pise firme. A tábua não tem prego.

– É quente...

– Acostuma.

Sentiu-se aliviado quando chegaram do outro lado. Suspirou. O caraolho acompanhou o chamado com gesto de mão:

– Ôi!

E para o novato:

– Você vem de onde?

– Do sertão...

– Foi a seca?

– Foi.

– Como é o seu nome?

– Nonato. Nonato Aparecido da Silva.

– Solteiro?

– Não, senhor. Deixei a patroa e os meninos ali perto, debaixo dum cajueiro.

– São pequenos?

– A Cristina tem cinco anos e o Leocádio já faz um mandado. A patroa se chama Maria.

Sorriu murcho, estendeu o braço timidamente:

– Vim caçar serviço aqui... Disseram que é de futuro...

– Pois bem. Aqui, na *Margarida*, ninguém se encosta. O serviço é puxado.

– É tudo branco... Dói na vista...

Braços de símio, a coçar as brotoejas, pelos do peito branquejando de sal, aproximou-se o baixote:

– Diga.

– Mais um brabo. Tome conta dele. Meta nos cestos.

– Nos balaios? Brabo começa é na chibanca e no ferro-de-cova.

– Ordem é ordem.

– Loucura.

Examinavam o novato, discutiam, mediam-lhe o físico, comentavam sua total ignorância do serviço, lembravam desastres passados com outros brabos devido à teima em jogar-lhes ao ombro, logo no primeiro dia, balaios pesados de sal.

O novato tarefeiro sentia-se aflito, acuado, recuava, bambo de corpo, coçava os braços para fazer alguma coisa.

– Está bem, está bem, jogo ele nos balaios. Se não der conta do recado, quem se estrepa não sou eu. Estou avisando.

O caraolho se foi, o baixote ordenou:

– Me siga.

Andavam sobre tábuas. O novato tarefeiro abria os braços, medo muito, para manter o equilíbrio. Entraram num dos cristalizadores.

– Pode pisar no sal. Ele não morde.

Sentiu a água morna alcançar-lhe os joelhos e grânulos pontudos machucar a sola dos pés. Pilhas de sal fresco aguardavam vez de serem carreadas para os barrancos. Descobriu, curioso, que grande número daqueles homens trazia no ombro um mondrongo enorme, músculo intumescido como aleijão.

– O que viu?

– Estava olhando...

– Admirado?

– Hem?...

– Aquilo, meu velho, é do pau dos balaios. Com o tempo você também fica assim. Ponha este jucá no ombro. Assim não. Assim. Isso. Segure aqui. Não está habituado a conduzir enxada no ombro? Pois. Mesma coisa. E tire as mãos dos olhos...

– Dói...

– Acostuma.

Sentiu forte pressão sobre o ombro, dobrou os joelhos, reuniu forças para equilibrar-se. Homens penduravam, nas pontas do pau, balaios cheios de sal.

– Aguente firme. Pesa muito?

Por detrás do sorriso murcho procurou negar a força que fazia:

– Não, senhor.

– Pois suba aí na prancha. Pronto. Pode ir. Despeje tudo lá naquela ruma, no aterro. Aquela terceira, de lá pra cá. Está vendo?

– Estou.

Vira confusamente várias pilhas brancas ao longe e homens a conduzir balaios em todas as direções.

– Acompanhe a marcha dos outros.

– Hem?...

– Acompanhe os outros. E volte logo.

– Sim, senhor.

– Pode ir. Quem sabe um dia você chegará a mestre...

Vá andando.

Ninguém lhe dava mais atenção. Todos voltados para seus serviços. Bolas azuladas bailavam-lhe na vista como lâminas de aço. Com dificuldade, equilibrava-se na ponta da prancha estreita e bamboleante. Preparou-se para a caminhada. Era como uma ponte imensa solta no espaço. Amparou o peso com as duas mãos. Respirava fundo. A forte luminosidade cegava-o.

No desespero de invocar proteção, apenas viu a mulher com o filho ao lado e a filha a correr tangendo carneiros, um ramo verde na mão, fita presa aos cabelos.

Deu o primeiro passo, iniciando a caminhada.

I

Calmaria verde, solidão branca...

1 Desceu o barranco, sungando o vestido. Mergulhou os pés nas águas-mães. Iniciou o passeio de todas as tardes pelas escoadeiras. O sol de fogo do poente refletia-se nos cristalizadores, extraía faíscas coloridas das pilhas de sal. O silêncio sobre a salina era de grande paz. O velho cata-vento, para os lados de riacho, no caminho dos mangues, jogava o leme em moroso vaivém. Homens conversavam em grupos junto aos paióis. Sentados, acocorados, estirados. Desfaziam-se das canseiras. Por detrás dos casebres, a bola de meia subia e descia e a gritaria da meninada ganhava as distâncias.

Cristina Louca chapinhava no seu caminhar, quebrando o tranquilo correr das águas-mães. O vento levantava-lhe o vestido, acariciava-lhe as coxas morenas, brincava com a fita em seus cabelos. Nas mãos, o ramo verde.

Parou para os lados das águas-levadas. Ali ficou a receber a ventania nos cabelos, o ramo a roçar no rosto com carícia. Então foi soltando a voz, alteando-a. A modinha de todos os dias:

"Capineiro de meu pai
não me corte o meu cabelo...."

Subiu o barranco, barra do vestido molhada, grudando-lhe nas pernas. Rumou para o barreiro carago, lá muito longe, além dos cristalizadores, onde almas-de-gato descaíam em voos moles e iam se esconder nas copas verdes das árvores que margeavam o riacho.

Toda a salina era uma vasta solidão branca, grande calmaria verde. O vento, soprando do mar, descia das dunas em lufadas serenas.

Os derradeiros grupos, abandonando suas tarefas, desciam em fila pelos empranchamentos rumo dos paióis. Iam engrossar as rodas de bate-papo, disputar jogos de *onça*, matar o bicho no *Gato Preto*.

Anoitecer de verão. No céu, rebanhos e rebanhos de carneirinhos.

Pilhas, cristalizadores, escoadeiras, aos raios do sol poente, vibravam em cambiantes multicores.

E, por detrás da rua de casebres de taipa, a bola de meia surgia e eclipsava. Uma mulher, barriga de muitos meses, dirigia-se para lá, o cachorro a lhe atrapalhar as pernas:

– Acaba com esse jogo, Bibio! Está na hora de guiar cego Delfino!

2

A tabuleta pensa do *Gato Preto* rangia nos velhos gonzos. Zé-Rodrigues, nu da cintura para cima, banha da barriga a derramar-se para os lados, corria o balcão de ponta a ponta atendendo a freguesia. Tarefeiros amontoavam-se, braços estendidos, cabeças a procurar brechas. Coçavam-se pelas paredes. Nus até à cintura, umbigo à mostra, calças arregaçadas para além das canelas, cusparadas sonoras.

Mulher de Zé-Rodrigues ajudava, pesadona, lenta, banha muita. Corria o pires com tira-gosto de cajarana, coçava o úbere, chocalhava o molho de contas dos rosários e saquitéis, soltava longos arrotos.

Imprensado ao canto de balcão, pé escorado à parede, o tarefeiro coçava os escrotos e falava para quem quisesse ouvir:

– Vou virar toda a noite. Pegar com o nascer da lua. A tira do meu balde vomita sal que é um estrupício. Safra mais gorda nunca vi.

Num riso murcho e desdentado, a enrolar o velho chapéu nas mãos, outro se queixava dos maxixes. Há dias vinha trabalhando com febre alta. Feridas arrebentavam-lhe o pé, subiam pela canela. Tomara penicilina no Instituto, enfrentando filas, perdendo dias de tarefa.

– Veja como está o dedo. Não posso pisar de jeito. A dor pinica na virilha. E moleza de se acabar...

Nenhum olhar caiu sobre o pé em exibição.

Outros fregueses chegavam, encontrões na porta com os que saíam, desculpas camaradas.

A ventania entrava canalizada, redemoinhava sobre as cabeças. Mas não tangia a catinga enjoenta de suores salgados. Mulher de Zé-Rodrigues, na pasmaceira da sonolência, limpava nódoas de aguardente espalhadas no balcão.

– Dona Candoca, vossa senhoria continua engordando que nem uma porca...

Habituado àquelas liberdades, a resposta de Zé-Rodrigues vinha pronta, sem convicção:

– Respeite minha mulher, cachorro.

Garrafa na mão, cabelos do peito branquejando de sal, tinha ouvidos apenas à freguesia:

– Mais uma?

Mãos a derramar gotas de cachaça no cimento em atenção aos espíritos. Palavrões. Conversaria tumultuada:

– Sessenta mil sacas? Bote sal nisso.

– Tem troco, sim. Dei cinco mil-réis.

– Hoje me estrepei no salitro. Veja a brecha.

– Só bebi duas.

– Sei lá! Pergunte a ele.

– Não, não. Só serve cigarro *Yolanda*.

– Quebrar sal com aquele ferro-de-cova é uma merda, meu irmão.

Do lado de fora, acocorado, enrodilhado, cego Delfino esperava. O cacete junto aos pés, fiel como uma sentinela. Viola do lado, encolhida, silenciosa.

Muito popular e respeitado. Andava de porta em porta. A todos identificava pela voz. Encarquilhara e perdera a vista no sal verde das salinas. A boca sempre cheia de histórias. Contava-as com detalhes e datas. Tarefeiros faziam roda, curiosos e mudos. Trazia na cacunda a marca do grande calo, mondrongo disforme, herança dos muitos anos a carrear sal dos baldes.

Apanhou a viola, limpou-a com o antebraço, acariciou-a. Começou a tirar uma música chorosa das cordas desafinadas.

Dentro do *Gato Preto* o tumultuar das conversas e gargalhadas adquiria proporções de confusão geral.

O tarefeiro vítima de maxixes esqueceu a dor na virilha e as queixas e apontou para o barreiro carago:

– Vejam lá a Louca. Cantando outra vez para o vento.

A ventania aumentava. A noite descia. Dunas se sumiam para os lados do mar. E as ondas pequeninas dos baldes, marezinhas de cristal, brilhavam e rebrilhavam em lusco-fusco manso, pisca-piscando.

Almas-de-gato continuavam em volitações bêbadas

para além do barreiro carago.

O vulto de Cristina Louca era um ponto distante na amplidão.

3 Mestre Nonato, escorado ao parapeito da janela, costurava sacos e aguçava o ouvido para acompanhar a voz da filha, vinda de muito longe, trazida pelo vento. Fechando muito as pálpebras, voltava a vista rumo ao estirão do barreiro carago.

Não atinava por que Cristina, depois de enfraquecer o juízo, criara a mania daqueles passeios, ao cair das tardes, quando os homens suspendiam suas tarefas. Lembrava-se apenas que a vira pela primeira vez cantando no massapê mole do carago, logo após o dia em que menino Daniel, filho de velho Coriolano, fora ali encontrado morto. Menino Daniel havia desaparecido e à noite os homens formaram grupos à luz de candeias amarradas na cabeça para procurá-lo. A procissão de muitas luzes iluminava os baldes de pontinhos vermelhos e os gritos ecoavam pela planície:

– "Daniel! Daniel!"

Encontrado ao amanhecer, braços abertos, olhos vidrados para o infinito. Ninguém descobriu o motivo real de sua morte. Falaram em picadas de corais que se enroscavam nos mata-pastos da beira do riacho. Velho Coriolano correu a salina com o filho nos braços, a mulher amparada pelas amigas, soluçando *meu filho morreu...* Dias depois, velho Coriolano deu novo rumo à sua vida. A casa amanheceu fechada. Mulheres fizeram roda diante da porta. Correu de boca em boca que velho Coriolano voltara para o sertão.

A penumbra envolvia a salina. Vermelhidão no poente. Homens deixavam o *Gato Preto* em grupos vagarosos, alguns deles bamboleavam de encachaçados.

Mestre Nonato jogou para o canto o saco que costurava e respondeu ao cumprimento do tarefeiro que passava:

– Olá!

Mulheres da Zona recebiam as primeiras visitas, abraços escandalosos no meio da rua, pernas entrançadas.

Mestre Nonato debruçou-se à janela. Chegava de muito longe, na voz diluída:

"Capineiro de meu pai..."

Ouviu perfeitamente a mulher a ralhar com o filho:

– Vamos, Bibio! Acaba com esse jogo, menino! Cego Delfino está esperando!

4

O menino se chegou, dedo no nariz:

– Vamos, seu Delfino?

Cego Delfino pendurou a viola no ombro, levantou-se com dificuldade, peso do corpo sobre o cacete, entortando a cabeça para a porta do *Gato Preto* fez meia saudação de despedida, aprumou-se:

– Vamos, Bibio.

Pôs a mão no ombro do menino, que o saiu guiando rumo de casa. Cego Delfino batia o cajado no chão, prático, para evitar tropeços.

– Você demorou hoje, Bibio. Já escureceu?

– O jogo custou a acabar...

– Quem ganhou?

– Meu time perdeu.

Bibio apressava os passos e cego Delfino orientava o cajado com habilidade para acompanhá-lo.

– Mais devagar, Bibio.

Bibio conduzia cego Delfino para jantar. Cego Delfino vivia só, dormia nos fundos do grande paiol de sal. Caridade de doutor Penaforte. Vão escuro, úmido, pau-a-pique. Antes fora reservado para as precisões dos homens que socavam o sal no grande paiol. Fossa escura, povoada de moscas e varejeiras. Mais para o canto, monte de palhas secas de coqueiro, cama improvisada das prostitutas que, sem freguesia na Zona, procuravam a fedentina do quartinho, altas horas, para safadezas a qualquer preço. Veio o dia em que tarefeiros abandonaram pás e enxadas sobre a montanha de sal granulado do grande paiol e fizeram fila para os amores com uma aleijada dos mangues. Seu Honório franziu a testa, suspendeu, dispensou, entupiu a fossa, pôs cadeado no quartinho. E do quartinho cego Delfino fez sua morada. Tinha ali sua rede, seus teréns. E quando os tarefeiros entravam de serviço, noite adentro, virando e revirando sal, cego Delfino não pregava olho. Apanhava a viola e tocava músicas tristes.

Fazia refeições em casa de Mestre Nonato, desde quando este lhe cedera o filho para guia. O que trouxera de outras salinas, anoitecera e não amanhecera. Socorreu-se de Mestre Nonato. Bibio esperneou, estirou beiço, bateu pé, levou trompaços. Medo do cego, de sua cara encovada, da barba de fios brancos, do ombro penso e mondrongoso, da fala trêmula e cansada. Tudo em cego Delfino lhe apavorava. No primeiro dia de serviço, chorou e tremeu com o contato da mão de unhas grandes e amarelecidas a fazer-lhe agonia no ombro. Cego Delfino contou-lhe histórias. Já tivera vista. Fora vaqueiro. Tarefeiro em salinas muitos e muitos anos. Apanhara maxixes gigantes, pranchas quentes encheram-lhe os pés de calos brancos. Acordou uma noite com coceira nos olhos. Ensinaram-lhe muitos remédios. A vista encurtou, encurtou. Viu-se nulo para o serviço. Agora penava no mundo. E andaram por muitas ruas areentas, pararam em inúmeros becos para cego Delfino tocar viola. Bibio admirava-se de ver como tanta gente dava cédulas e moedas. Subiram à cidade. Gente bem vestida parava para escutar as músicas de cego Delfino. Na caminhada de volta era muito o seu cansaço. Trazia diante dos olhos o deslumbramento das ruas iluminadas, dos carros em disparada. Do apurado, cego Delfino deu-lhe uma porção de níqueis. Sentiu uma sensação nova com todo aquele dinheiro a tilintar no bolso. Jamais possuíra tanto. Junto à lamparina, em casa, exibiu sua fortuna. Mestre Nonato contou todas as moedas, fez somas com o toco de lápis, e guardou para si grande número delas. Das que sobraram, Bibio escolheu a maior e deu para Cristina. A irmã parou de cantar e guardou-a no seio.

Cego Delfino chegou-se à família, ensinou remédios para o juízo de Cristina, passou a fazer ali as refeições, pagando com o apurado. O vão do paiol era para as dormidas e horas de tranquilidade.

Bibio puxou o braço de cego Delfino para ele se curvar. A porta era baixa. Mestre Nonato, nu da cintura para cima, costurava sacos.

– Sente-se, Delfino. A Maria está botando a janta.

Lá de dentro chegava zoada de pratos. O caçula veio engatinhando, abraçou-se às pernas de cego Delfino.

– É o Serginho?

Sentou-o no joelho. Dona Maria ralhava com os filhos na cozinha. Mestre Nonato jogou para o lado o saco que costurava, olhou pela janela:

– A Cristina está demorando. Essa menina é a minha pena...

Homens passavam conversando, cumprimentavam.

– A lua hoje vai sair bonita, Delfino. Servição noite adentro. O diabo de uma reverência que não tem tamanho. Não há jeito de acabar com ela. Este ano doutor Penaforte tira pra mais de sessenta mil sacas de sal.

– Será?

– E por baixo. Cinco safras, meu amigo Delfino. Verãozão louco.

Cego Delfino balançava a cabeça, constante pestanejar, o caçula tentando arrancar-lhe a viola. Vieram lá de dentro outros meninos. Arrodearam cego Delfino. E ele procurava guiar a mão para acariciá-los.

– Pois é como sempre digo, Delfino. Acabo voltando pro sertão. Burrice ter saído de lá.

Cego Delfino desceu o caçula para o chão e suspendeu a carícia, olhos abertos na direção da parede. Mestre Nonato gritava para fora:

– Como vão os maxixes, Benedito?!

Benedito aproximou-se caxingando, escorou-se ao parapeito da janela. Perna vermelha, inflamada, bordada de pequenas bolhas. O dedão do pé destacava-se arrebitado, grosso, arroxeado, estriado de brechas, como atacado de lepra.

– Andei no Instituto, seu Nonato. Um dia todo pra falar com o doutor. Ele me deu penicilina. A melhora é quase nada. O dedo lateja que me deixa doido.

– Use um bico de chupeta. Protege.

– Tentei. Mas não suporto a dor. Assim no livre a dor é mais calma.

– Quando volta ao serviço?

– Sei lá, seu Nonato. Ainda ontem tive febre. Moleza desgraçada. Dei agora uma voltinha lá pelo *Gato Preto* pra mexer um pouco o sangue...

Chico Benedito morava ali parede-meia e por qualquer dá cá aquela palha batia na mulher. Tomava suas doses, tornava-se violento, caía de porre sobre os aterros. Armava escândalos, provocava meio mundo, levantava uma perna e exibia o saco às mulheres, que protegiam o decote dos seios e fugiam para a segurança de suas janelas. Uma manhã, perseguiu a amásia, penico na mão, braço estendido como em pontaria. E diante do povo, despejou-lhe tudo sobre a cabeça. A mulher chorava socorrida pelas amigas e Benedito, encolhendo as pernas, exibia sua força para se libertar dos muitos braços que o prendiam. Mas quando não bebia, Benedito era de muita paz e tocava violão. Falava sempre que iria de arribada para o Sul. Qualquer dia, de veneta, meteria pé no mundo.

– Vou chegando, seu Nonato. O dedo dói como os seiscentos diabos.

Mestre Nonato ralhou com os filhos para deixarem cego Delfino em paz.

– Pois é como sempre lhe digo, amigo Delfino. A seca me tangeu do sertão. Diziam que corria dinheiro grosso nas salinas. E só tenho é sofrido. Deixei minha terra pra viver no desassossego. Comecei na *Margarida*, me lembro como se fosse hoje. Lá paguei setenta vezes os meus pecados. Me mandaram fazer serviço de tarefeiro manso logo no primeiro dia. Ouvi muitos gritos e quase fui despedido. Caí da prancha carregando balaios e ainda hoje tenho aqui no braço a marca do rasgão. Verti sangue dois dias, e trabalhando. A família debaixo dum cajueiro. Nestes anos de sal aprendi muito mas não guardei nada de meu. Cristina ficou aluada. Perdi o meu menino mais velho. Lá no sertão eu tinha os meus vinténs. Faz uns pares de anos que subo e desço pelas salinas. Estou encalhado aqui na *São Francisco* há três anos. Na *Margarida* carreei sal todo um verão. Saí de lá brigado. Não sou de comer desaforo.

– Ouvi dizer que o apontador de lá morreu...

– Levou da breca. Só tinha de gente o corpo. E este foi esfaqueado. Sofri muito nas suas unhas. Na *Margarida* não ponho mais os pés, nem para alcançar a salvação. Aqui estou mais sossegado. Mas salina não é lugar pra vivente, Delfino. Quando finda a safra fico aí feito vigia. Estou decidido, Delfino. Volto pra minha terra.

Cego Delfino cavoucava o chão batido com o cacete. Aquela história de Mestre Nonato era de todos os dias. Desde que o conhecera que Mestre Nonato falava em voltar à sua terra.

– Você vai com a gente, Delfino. Aquilo é terra farta. Dá de um tudo.

Passava velho Alípio, corcovado, olhos fundos,

achinesados, duas postas de sangue. Mestre Nonato debruçou-se à janela:

– E a vista, seu Alípio?!

Velho Alípio parou para uma prosa. Olhou para dentro da sala:

– É cego Delfino? Boa noite, Delfino.

E falou da vista, do colírio que lhe dera a vizinha. Os olhos não mais ardiam tanto. Amanheciam grudados e ele os lavava com água morna. Esperava voltar ao serviço em poucos dias. Seu Honório lhe dispensara do ferro-de-cova, dera-lhe serviço mais fácil: amarrar as tábuas dos empranchamentos, substituir as podres.

Velho Alípio era homem de saber. Escrevia cartas à tinta. Lia jornais. Quando acontecia crime ou briga feia nas salinas, todos corriam à sua casa para ouvir as notícias que ele lia do jornal em voz alta. Velho Alípio respondia a todas as perguntas. Falava de outros lugares do mundo. Apontava para o céu e chamava as estrelas pelo nome. Afirmava que só doutor de Casa de Saúde daria jeito em Cristina. Ninguém lhe conhecia o passado. Faziam conjecturas. Morava com uma filha, na ponta da rua de casebres, para os lados da Zona, no fim das escoadeiras. Homem branco, fino. Diziam que matara a mulher, o crime era o peso de sua vida. Cansava-se logo no trabalho, não nascera para tarefeiro de salina.

– Pois que fique logo bom, seu Alípio.

– Obrigado, Mestre.

Voltou a olhar para dentro da sala:

– Boa noite, Delfino.

– Adeus, Alípio.

Saiu de cabeça baixa, arrastando os pés, batendo as pálpebras, umas compras nas mãos.

Chamavam cego Delfino para jantar. A sala ficou vazia. Mestre Nonato acendeu o cigarro e escorou-se à janela. Cantar da filha chegava num fio de voz. Passou Guedegue e cumprimentou. Mestre Nonato sabia das histórias que corriam. Tinha dúvidas. Guedegue era homem de respeito, de pouca prosa e muito trabalho. Não se meteria com sua filha Cristina. Muitos eram os fuxicos que corriam a salina. Nem mesmo ele, Mestre, escapava. Intrigas constantes. Mulheres se atracavam, homens se esbofeteavam, comuns os crimes na praia ou sobre o frio das dunas.

Vivia naquele inferno há anos. O sal lhe dera um lagarto enorme no ombro, maxixes e calos brancos e rachaduras nos pés. Vista curta. Envelhecera e perdera as forças. No sal, Cristina enfraquecera do juízo. Sob uma pilha de sacas de sal, o filho mais velho morrera esmagado.

A luz surgia bonita, gigante, sanguínea, boiava trêmula sobre os cristalizadores.

A viração varria a planície e trazia trecho picado da cantiga:

"Capineiro de meu pai..."

5

O último freguês se retirou.

Acendeu então a lamparina de pavio grande, contornou o balcão e encostou a porta, que muita era a força do vento. A mulher, lá para dentro, mexia em pratos.

Sentou-se à mesinha, no vão pegado à bodega, começou a trabalhar em suas contas, a lamparina ao lado soltando fumaceiro rumo às telhas, desenhando sombras disformes nas paredes.

A dívida de Mestre Nonato ia grande. Perto de dois contos de réis. Um escândalo de dívida. E todo fim de mês Mestre Nonato a soltar a mesma desculpa, desconfiado, mole nos gestos. Pagava parte da dívida e a sobra juntava-se a novas dívidas. Falava sempre em dinheiro que estava para receber, extraordinários de tarefas. "Está bem, Mestre. Espero." Fiava a poucas pessoas. Só a tarefeiros mansos de muita confiança. E importâncias reduzidas. Mas para Mestre Nonato não tinha medidas.

No princípio, chegou a mandar o moleque bater na porta de Mestre Nonato. Mas desde o dia em que Cristina Louca, manhãzinha, entrou na bodega e ficou a olhar as muitas coisas espalhadas pelas prateleiras, os seios nadando dentro da blusa fina, que seu coração amoleceu e a atitude para com Mestre Nonato mudou de rumo. "Não tem dúvida, Mestre. O senhor manda." Mestre Nonato desculpava-se, malfeito de corpo, falava da vida, que acabaria largando tudo e voltando para sua terra. "Isto passa, Mestre. O senhor tem crédito." E carregava nas contas, exagerava nos preços. Dava agrados aos meninos de Mestre Nonato. Uma bola para Bibio, fitas coloridas para os cabelos de Cristina. De seus olhos nunca mais fugira o quadro daquela manhã. Encostada ao balcão, olhar irrequieto passeando as prateleiras, peitinhos pontudos soltos na transparência do vestido. Procurou segurar-lhe a mão. Mas Cristina saiu correndo e nunca mais entrou no *Gato Preto*. Via-a nas manhãs nubladas passar para o riacho. E às tardinhas, enquanto servia aos homens que voltavam das tarefas, falando alto, garrafa na mão, dando ordens à mulher, sua atenção voltava-se toda para o cantar que o vento trazia.

Examinando as contas, descobria que Mestre Nonato estava indo longe. Quase dois contos de réis. Nunca ninguém lhe devera tanto. E toda essa bondade apenas porque vira, manhãzinha, as formas de Cristina por dentro da blusa transparente.

Vira também, certa manhã, menino Daniel, filho de velho Coriolano, tomando banho junto à cacimba. A imagem lhe torturou dias, semanas. E tudo se consumou como num sonho. Menino Daniel, ali encostado à mesinha, de noite, insistindo para que ele lhe vendesse tiras de borracha para sua baladeira. O gesto rápido abafou-lhe o grito. E menino Daniel não resistiu. Alta madrugada conduziu-o para longe, jogou-lhe o corpo lá para os lados do barreiro carago.

Dona Candoca cantarolava no quintal, puxava água. Conversas de homens vinham da casa do moinho. Logo mais, passariam as primeiras turmas para as tarefas da noite. A lufada de vento entrou forte, escancarando a porta, o lume da lamparina lutou desesperado para não morrer. Levantou-se para fechá-Ia. Parou junto ao balcão, olhos abertos, coração estancado. Cristina estava ali, o ramo murcho nas mãos, desgrenhada, olhar de espanto.

– O que é, Cristina?

Olhos corriam as prateleiras, buliçosos:

– A minha fita... Minha fita...

Respirava difícil:

– Perdeu sua fita, Cristina?...

Nervoso, abriu o armarinho, tirou o rolo de fitas de variadas cores, estendeu:

– Escolha, Cristina...

Cristina aproximou-se, olhos boiando de satisfação.

Vinha do quintal o cantar sonoro da mulher.

– Deixe que eu prendo seus cabelos, Cristina. Lhe dou duas fitas bonitas...

Contornou o balcão, as fitas estendidas como uma isca. Chegou-se muito perto de Cristina, olhos estriados, trêmulo. Estendeu a mão para alcançar-lhe os cabelos. Cristina permitiu. Então a mão caminhou para as espáduas. E num gesto violento, puxou-a para o abraço. Mas Cristina deslizou rápida e saiu correndo para a noite.

Ficou parado, fitas na mão, respirando apressado, recebendo no peito cabeludo o vento que chegava do mar.

6 Mestre Nonato ainda fumava, debruçado à janela, cismático. A lua ganhava as alturas, caminho das estrelas. Da cozinha chegavam pedaços de conversas de cego Delfino mais dona Maria. A viração vibrava nas frinchas do telhado e as pilhas de sal, enfileiradas no barranco, branquejavam ao luar como estátuas silenciosas. Acordes tristonhos de violão para os lados do puteiro. Gritos ao longe de menino apanhando.

Mestre Nonato acariciou de leve o calo do ombro.

Mondrongo disforme e duro, produto de anos e anos a carregar balaios de sal, no chouto ligeiro, equilibrando-se sobre tábuas quentes das pranchas. Recordou seus primeiros meses de trabalho na salina *Margarida*. O caraolho, bajulador, delator, não-me-toques, baitola nos gestos. Comido de faca.

O outro pulha, sempre no blusão de linho, padecendo agora de eczemas, inchações nas virilhas, pagando caro.

Grupos passavam conversando sobre o aterro, braços levantavam para a saudação:

– Boa, Mestre!

– Ôi!

Cacarejar em galinheiro perto. E os pensamentos de Mestre Nonato voaram para o sertão. Nunca mais recebera notícia de sua gente. Lembrava-se das palavras de negro Valério: "Salina só tem beleza por fora, Nonato. Come por dentro que nem rato". Os anos se passaram e só ganhara de seu aquele calo no ombro, marcas muitas de maxixes nos dedos dos pés, brechas na sola dura, sinais de calos brancos, vista mais curta. Perdera o filho mais velho. Encontrado boca da noite, sob o monte de sacas de muitos quilos, luz dos candeeiros caindo de cheio nos bugalhos do menino, goela escancarada esperando ar. Cristina tresvariando. Bem tinha razão finado Irineu, suas palavras sempre foram de muita ciência:

"A maresia é reimosa para a moleira de sua filha, Nonato". No sertão tomava doses, no bem-bom, mais compadre Valério. Por diversas vezes negro Valério procurara dissuadi-lo: "Tire isto da cabeça, compadre. Salina tem a cor da morte".

Guedegue passou assoviando.

– Já vai, Guedegue?

– Boa noite, Mestre. Estou limpando os salitros do meu balde. Tem ventado muito. E o senhor, trabalha hoje de noite?

– Não consigo acabar com o diabo daquela revência.

Ando desconfiado que a água está passando por baixo da segunda tira do primeiro balde. Aquilo acaba estragando o coalho. Vou dar uma espiada mais Zacarias.

– A noite está muito bonita. Doutor Penaforte andou por aqui?

– Não sei. Seu Honório não falou nada. Ouvi dizer que doutor Penaforte anda contrariado com o encalhe de sal lá no armazém da cidade. A safra este ano é muito grande. O sal está sem preço.

– Conversa, Mestre. Conheço essa história. Quando findar a safra o senhor vai ver: não fica um grão. Estão segurando o sal pra melhorar o preço. Procura não falta. Ouvi um tarefeiro brabo da *São Jorge* explicando tudo.

– Quem é ele?

– Nunca vi antes.

– A *São Jorge* é a maior salina destas praias. Conheço aquilo. Este ano ela vomita sal pra fazer duna.

– Safrão mesmo, Mestre. Coalhando tudo em menos de um mês. Este ano pode juntar a *Margarida*, a *Deus-Te-Guarde*, aqui a *São Francisco*, tudo quanto é salina, que a *São Jorge* sozinha desova mais.

– Eu sei.

Guedegue despediu-se e se foi, andar torto, pernas bambas. Criatura de boa paz. Vivia só, falava sempre que se metera em salinas desde menino. Para tudo aparecia com seu auxílio, sua disposição, sem esperar paga. Trabalhava como um burro de carga, cumpria tarefas dos doentes. O sal não corroía Guedegue. Os pés não apresentavam brechas, o calo nunca cresceu no seu ombro. Gabava-se da boa vista. "Tomo rapé, minha gente. Tabaco limpa os olhos." Tinha suas esquisitices. Andava sozinho altas madrugadas, em passeios longos para os lados dos cercos. Afirmava que maresia da noite dava muita sustância. A meninada, porém, desconfiava que Guedegue tivesse parte com o diabo. Garantiam que ele se transformava em lobisomem nas noites de temporal. Tarefeiros afirmavam que Cristina fora por ele perseguida inúmeras vezes, por detrás das boas maneiras escondia-se toda uma malignidade. Mas Mestre Nonato sabia que a língua do povo, ali na salina, era bastante comprida e venenosa. Nunca descobrira Guedegue com olhares para sua filha. Era homem para qualquer chamado. Devia-lhe muitos favores. Quando as rachaduras do seu pé inflamaram a ponto de prendê-lo em casa, fora de Guedegue que se socorrera. "Faço sua tarefa, Mestre."

O vulto abriu a porta e entrou.

– Chegando agora, Cristina?

– Pai, perdi minha fita...

Mestre Nonato não respondeu. Pigarreou, fechou a janela e gritou pedindo a lamparina.

7

Cego Delfino encostou-se ao poste, Bibio sentou-se ao meio-fio, joelhos juntos, canelas abraçadas, vasilha das esmolas entre os pés.

– Aqui está bom, Bibio.

Lugar de muito movimento. Ponto ainda não explorado. Grupos passavam conversando, gente nas calçadas. Veículos subiam e desciam a rua, chiavam nos catabis. Bibio olhou o colar de lâmpadas dos postes perfilados.

– A gente nunca veio por aqui, hem, seu Delfino?

– Nunca.

Bibio descobriu, na calçada em frente, um grupo de

meninos. Brincavam de roda. Uma menina entre eles. Seus sapatos brilhavam de tão envernizados. No meio deles também um menino na roupa bem passada de marinheiro. Todo de branco. A menina usava tranças, fita longa a descer dos cabelos. Bem mais bonita que as fitas de Cristina. Cantavam num alarido de vozes desencontradas:

"Ti-ro-li-ro-lá..."

A viola de cego Delfino foi alteando o som de mansinho, como saindo do chão e ganhando o céu, chorosa, aflita, até alcançar as notas mais agudas. Bibio apanhou a vasilha, estendeu-a para o povo, mas não percebeu quando a primeira moeda pingou dentro num claro tinido. Atenção voltada para os meninos da calçada defronte. Notou que silenciavam e se voltavam curiosos para ele e cego Delfino.

Habituara-se à curiosidade do povo. Cego Delfino chamava a atenção de toda gente quando tocava viola. Muitas vezes vira-se sufocado em rodas compactas de curiosos e o braço estendido, segurando a latinha, cansava, pendia, e a cabeça bambeava de sono. Acordava e voltava rápido ao aprumo sempre que o pé de cego Delfino o procurava: "Bibio, onde você está, Bibio?"

Os meninos se aproximaram e Bibio, pela primeira vez, sentiu sensação esquisita mexer-lhe os nervos. Nas andanças mais cego Delfino, pelos arrabaldes da cidade, meninos se aproximavam para ouvir as músicas. Sentia-se superior. Chegara a se dirigir a um grupo de meninos de escola para mostrar toda a sua importância junto a cego Delfino: "Se ninguém der esmola, pira, vai andando..." Cego Delfino, por isto, repreendeu-o na volta para casa.

Sentia agora estranha sensação. Acanhamento

crescendo no peito, encolhendo-lhe o corpo. Prendeu a lata de esmolas no colo, encolheu-se como em defesa. Os meninos se chegavam, silenciosos, o de roupa de marinheiro de boca aberta para cego Delfino. A menina de tranças aproximou-se muito, mãos cruzadas às costas, barra do vestido quase a lhe tocar o ombro. Sentia-lhe o perfume. Perfume que era uma agonia. Protegeu-se junto às pernas de cego Delfino. Passou um homem, parou o assovio, estendeu uma moeda. Fez que não via. Era a primeira vez que isto acontecia. O homem jogou a moeda ali na coxia, junto a seus pés. Prendeu-a, em gesto rápido, debaixo do calcanhar. Levantou os olhos para a menina de tranças. Ela não observava, vista levantada para cego Delfino. Então apanhou a moeda. Nunca vira menina tão bonita. E ela estava ali pertinho, barra do vestido quase lhe alcançando o rosto. Por isto o coração acelerava, procurava se sumir entre as pernas de cego Delfino.

Os meninos debandaram em carreira e cego Delfino suspendeu a música. Viu perfeitamente as tranças voando ao vento. Levantou os olhos e descobriu o homem de farda perfilado diante de cego Delfino.

– O senhor não pode tocar aqui. Procure outro lugar.

Cego Delfino dava explicações, viola na mão, cacete entre as pernas, procurava dirigir a vista sem luz para o homem fardado.

– É proibido. Já avisei. E leve o garoto.

– Pois vamos, Bibio.

Preparou-se para conduzir cego Delfino, vasilha de esmolas abraçada ao peito, olhos correndo do homem fardado para a menina de tranças, agora novamente brincando na calçada em frente. Da ponta da esquina ainda se virou. As tranças voavam e a fita brilhava sob a luz que vinha da casa de janelas abertas para a rua.

– Vamos voltar para o nosso ponto, Bibio. Lá ninguém nos incomoda.

E, na ponta de rua, perto do bar onde homens todas as noites bebiam e se abraçavam a mulheres desgrenhadas, cego Delfino tirou músicas bonitas de sua viola. Vieram os meninos de sempre. E muita gente passou e deu esmolas. Um bêbado estendeu uma cédula. Mas Bibio não contava, como das vezes anteriores, as moedas que caíam na lata. Nem se importava que a meninada se chegasse muito perto, deixando-o quase sem espaço para respirar. Diante dos olhos, as tranças voaram ao vento e sentia, como numa presença física, o vestido acariciar-lhe o ombro. Guiara cego Delfino por inúmeros pontos da cidade, encontrara muitas meninas em ruas iluminadas, nenhuma porém mais bela que a de tranças. Via-se na sua roupa nova, que dona Ernestina estava costurando, de bolsos nas calças e mangas compridas. A menina de tranças surgia-lhe ao lado, encantada com sua importância e valentia, e ele a dar sopapos no menino de roupa de marinheiro, a exibir sua força. Segurou-a pela mão, mostrou-lhe a salina, levou-a para o alto do aterro e levantou o braço numa saudação larga aos homens que trabalhavam nos baldes, para mostrar sua popularidade...

– Bibio! Vamos, Bibio. Está tarde. Quanto foi o apurado?

– Contei não...

– Está sentindo alguma coisa?

– Nada não.

– Aí tão calado...

Era tarde e as casas fechavam suas janelas. O povo rareava na rua. No bar, a conversa morria. Poucas gargalhadas perdidas de fim de noite.

– Conta logo o dinheiro, Bibio, e vamos embora. O apurado foi fraco?

Bibio jogou as moedas na calçada e foi juntando-as dentro da lata, separando as cédulas.

– Vinte e três e duzentos...

– Tire sua parte e vambora. O vento está forte. Não demora a chover. Seu pai me falou que manhã cedo precisa de você.

Na caminhada de volta, pelo arrabalde escuro, só o cacete de cego Delfino dava sinal de vida.

– Seu Delfino...

– O que é?

– A gente podia ir de novo lá naquela esquina, na cidade.

– O guarda proibiu.

A voz saiu resignada:

– Foi.

E até à salina não puxaram mais conversa.

Chegaram já noite alta. Turmas de tarefeiros, que aproveitaram a claridade da lua para extraordinários de tarefas, voltavam para suas casas, ferro-de-cova ao ombro. Sobre os aterros, perfiladas e mudas, altas pirâmides de sal grosso branquejavam ao luar.

– Chegamos, seu Delfino.

Estavam próximos ao *Gato Preto*.

– Daqui posso ir só, Bibio. Até amanhã. Vá para casa. Deus te abençoe.

Bibio andou alguns passos.

– Seu Delfino...

Cego Delfino parou.

– Que é, Bibio?

– Lá na cidade, naquela esquina...

– O quê?

– Nada.

Saiu chutando grânulos de sal grosso. Brilhavam como cacos de vidro. O vento lufava forte e trazia do puteiro gargalhadas de mulheres no porre.

Sentou-se sobre o aterro. As estrelas refletiam-se no sal coalhado dos cristalizadores. Grupos de tarefeiros passavam conversando. Um deles gritou:

– Vai dormir, garoto! Aí fazendo o quê?...

Uma grande paz branca envolvia a salina. As águas claras das escoadeiras corriam em filetes como compridas tranças.

Nelas Bibio pôs os olhos. E ficou olhando...

II

Chuvas loucas de verão

1 Chuvas caíram, em pancadas fortes, de amojadas nuvens chegadas do mar.

Cajueiros floridos estendiam os galhos nodosos para a amplidão, acumulavam forças para a grande safra de frutos. O riacho engordou, engordou, transbordou bonito pela planície de barro carago, lâmina alagadiça e viscosa, onde a meninada ia em bandos esculpir calungos gigantes.

Brabos sem tarefas subiam à cidade, à caça de serviço. Mansos, com poucos quefazeres, espichavam-se em bate-papos no *Gato Preto*, jogavam *onça* no batente do grande paiol, acocoravam-se pelos cantos, metiam-se em cachaçadas na Zona, espancavam mulheres. Os mais velhos, antigos de mil safras, charqueados de muito cloreto, deixavam-se ficar às janelas, espiando o tempo, sem pensar nada e sem salários, coçando o queixo.

Pilhas de sal grosso despiam-se das crostas mondrongosas, poliam-se, niquelavam-se com os filetes d'água que choravam, persistentes, dos cumes para as bases. Dois-três homens aproveitavam o tempo para reforçar empranchamentos com tábuas e arames novos. Desentulhavam escoadeiras, desnatavam as bordas dos baldes dos salitros impertinentes, ajeitavam o caminho para entrada dos caminhões aos paióis, forravam o chão de barro escuro, salitrado, pegajoso – o carago – que depois ao sol adquiriria dureza de pedra. Trabalhavam sem esperar paga, curtindo fome, alimentando esperanças de serem vistos com bons olhos e melhor aproveitados quando o sol voltasse a brilhar.

Paióis gordos de sal, retelhados e empalhados contra

as águas, estufados, hibernando.

O moinho a pipocar gasguito, a moer dia e noite sal grosso com ingredientes químicos para a apuração do sal refinado, que homens experientes dosavam com habilidade.

Mulheres nas sacarias, costurando com agulhas enormes, a trocar fuxicos e borrar o barro vermelho do chão de grandes cusparadas.

A safra ia a meio. Sabiam todos que aquelas chuvas loucas tinham vida curta e o sol voltaria a brilhar com a mesma intensidade e beleza. As águas levadas tornariam à densidade de vinte e cinco graus *beaumé*, alimentariam os chocadores. E elas chocariam o sal verde e voltariam desovadas para o mar pelos caminhos das escoadeiras.

Chuvas de verão. Malucas chuvas despencadas sem aviso. Não chegariam a amolentar o coração dos homens. Desapareceriam sem rastros e a salina voltaria a parir tiras e tiras de sal. Ferros-de-cova e chibancas transformariam placas cristalinas de coalho em muitas pequenas pirâmides. O tempo seria curto para mansos e brabos transportarem tanto sal para o moinho. A planície de barro carago secaria e voltaria a ser a avenida de Cristina Louca. Às tardiinhas, Mestre Nonato falaria a cego Delfino de seu sertão e cumprimentaria tarefeiros que passassem à sua janela.

Dos cajueiros caíam frutos maduros. O céu abriu muito azul. O sol espetava suas agulhas cegantes nas pirâmides de neve. Água dos baldes volatilizava-se para a saturação do sal.

A salina voltou a ser o formigueiro branco. Tarefeiros subiam e desciam pelos empranchamentos, a carregar cestos e empurrar carros-de-mão. Filas de homens chegavam do sertão, com as filharadas e trastes, embiocavam-se ao longo da nesga de sombra do grande paiol.

O cata-vento, paciente, jogava o leme em vaivém de ferros velhos, no trabalho asmático e contínuo de bombear água do mar para alimentar os chocadores.

E quando o sol descambava e o horizonte embelezava-se de nuvens vermelhas, Cristina descia o barranco, banhava os pés nas águas-mães, saía a passeio, ramo nas mãos, fita nos cabelos, cantava para o vento que lufava das dunas.

E os homens que bebiam e falavam de suas vidas, indiferentes à corrosão do cloreto, comidos de mazelas, ficavam sentimentais.

2

Velho Alípio aproximou-se de cabeça baixa, arrastando os pés. Mestre Nonato, à janela, esperava o cair da noite.

– É o Alípio?

– Boa noite, Mestre.

Velho Alípio parecia mais envelhecido. Macerado, barba de muitos dias, olhos inflamados, vermelhos, estriados. Um de seus primeiros passeios de convalescente. Piorara da vista, abandonara inclusive os serviços leves que seu Honório lhe entregara. Um médico da Saúde Pública, que aparecera para inspeção rápida nas raparigas da Zona, fizera a caridade de examiná-lo. O povo se reuniu curioso à janela de velho Alípio, cabeças empinadas, olhos no médico, sentado na sala, a examinar-lhe a vista. Há dias velho Alípio não se levantava da rede. A filha respondia ao médico, esquiva, espantada, segurando o punho da rede como em defesa, um pé escondendo o outro. O doutor, rugas na testa, rodava a caneta nos dedos finos. Ouviu tudo sem comentários. Examinou atento a vista de velho Alípio, balançou a cabeça, acabou por ordenar que o velho Alípio se afastasse da salina, procurasse especialista. Abriu a pasta, tirou um bloco de papel, escreveu uma receita. E, na saída, o povo em debandada para deixá-lo passar, foi preciso: "Saia daqui o mais breve possível, senão o senhor cega".

À noite, muitos tarefeiros, inclusive Mestre Nonato, foram visitá-lo. Fizeram cota para comprar o remédio que o médico receitara. Velho Alípio avisou que se decidira ir para a casa de um parente, na cidade. Para sua terra jamais voltaria. "Lá não boto mais os pés. Sou homem de vergonha." Julgava-se liquidado, temia passar o fim de seus dias vivendo da caridade alheia, ele que nunca carecera de esmolas. "Só me preocupo em deixar esta menina sozinha no mundo." Sugeriram-lhe que procurasse o Instituto. Respondeu com seu silêncio, embalando a rede de leve, empurrando o pé na parede. Minutos depois soltou baixinho, como para si: "Instituto..."

Saíram comentando o mistério do passado de velho Alípio, o que teria acontecido para que falasse tão mal de sua terra. Recordaram a história antiga, surgida ninguém sabia como: Velho Alípio matara a mulher, arrastava o crime como um pesadelo. Chico Benedito garantia que tinha sido com o auxílio da própria filha. Estavam ali na salina fugindo. Guedegue contestou com muito respeito: "Olha essa boca, Benedito. Tu assistiu, pra andar dizendo uma coisa dessa?"

Os dias correram com suas chuvas loucas e velho Alípio voltou a ser visto à janela, melhorando. Fazia pequenos passeios às tardinhas, parava no *Gato Preto*, escorava-se às janelas dos conhecidos para uma prosa.

– Quer dizer que você deixa a gente, amigo Alípio?

– Depois de amanhã arribo, Mestre. Acertei minha conta com seu Honório. Fico só com uma obrigação com Zé-Rodrigues. Pedi pra ele ter paciência. Não vou fugido. Não é dívida muita.

– Fica mesmo na cidade?

– Tenho lá um parente. Me arranjou um cantinho. Estou no fim, Mestre. É como Deus for servido...

– E da vista?

– Arde que é um nunca acabar de sofrer. Mas graças a Deus passou a dor de cabeça. E já não choro muito com a claridade do sol. O doutor falou pra eu usar óculos escuros. A brancura é venenosa.

Tarefeiros passavam em grupos. Soltavam o boa-noite, em saudação larga. Vinham do *Gato Preto*, iam para o puteiro. Meninos chegavam do futebol. Discutiam, trocavam tapas.

Mestre Nonato interrompeu a conversa com velho Alípio para dar a ordem:

– Vai te assear, Bibio. Cego Delfino está esperando. Tua mãe todos os dias reclama esse atraso... Te avexa!

Velho Alípio limpava os olhos com o lenço encardido.

– Pois seu Alípio, eu também deixo isto. Vivo falando pra Maria. Estou resolvido. Só espero o fim da safra.

– E como vai dona Maria rompendo o resguardo?

– Sente umas tonturas, mas consegue andar segurando na parede. A diarréia do cabrito é que não estanca. Velha Anfrosina andou vendo ele e disse que não é de perigo. Chora a noite toda. Acorda todo o mundo e até Cristina pega a cantar...

E voltou ao assunto:

– Pois desta vez largo isto, meu patrão. Não boto mais os pés em salina. Ando bem aprendido. Volto pra minha terra. Só espero o fim do verão. Lá eu tinha alguns vinténs. E aqui no sal muito tenho é padecido. Perdi o meu mais velho, a Cristina é minha cruz... O que ganhei, seu Alípio? Estou resolvido, meu amigo.

Virou a cabeça para dentro da sala, ralhou com um dos pequenos. E voltou às suas queixas, à conversa repisada:

– No sertão eu tinha meu povo. E aqui, Alípio?

Velho Alípio desviou a conversa:

– Ouvi seu Honório dizer que doutor Penaforte enjeitou cinco mil contos pela salina. Me parece muito dinheiro.

– Pra mim e pra você, que nunca vimos tanto. Cinco mil contos o mar desova de cloreto para doutor Penaforte numa safra gorda.

– Pois seu Honório falou que doutor Penaforte quase fecha negócio.

– Então bote dinheiro nisso.

Mestre Nonato suspirou:

– E quanto seu Honório lhe pagou de saldo, Alípio?

– Menos de um conto. Descontou todos os dias em que a salina ficou parada com as chuvas loucas. E também uns bicos que eu devia. Minha certeza era que ele devia me pagar mais, conforme o combinado. Não trabalho de empreita. E pra tarefeiro sem empreita, a diária o senhor sabe, Mestre, é cento e vinte cruzeiros. Descontou também uns impostos e umas importâncias pro Instituto. Garantiu que era de lei. Eu não quis discutir, Mestre, mas acho que as contas de seu Honório não estão certas. Havia atrapalhação também nos apontamentos. Deve ter sido engano. Não sou de crença que seu Honório seja homem de engodo.

– Disso não digo nada. Também guardo as minhas queixas. Largue isto, amigo Alípio. Eu não demoro. Só espero o fim do verão. Preciso pagar uns bicos, liquidar minha continha com Zé-Rodrigues, que já vai grande...

Escurecia. O vento que descia das dunas trazia trechos do cantar de Cristina Louca. Ela era um pontinho escuro lá muito longe.

A voz da mulher veio do quarto, chamando o marido.

– Com sua licença, amigo Alípio. Vou ver o que a Maria quer. Volto logo. O resguardo deixou a patroa nervosa.

– Vou chegando, Mestre. Desculpe o incômodo. Diga a dona Maria que eu passo aqui amanhã para as despedidas.

Mestre Nonato ainda gritou do quarto:

– Pois volto pra minha terra, Alípio! Largo isto aqui e só vejo sal em comida!

Velho Alípio saiu de cabeça baixa, protegendo os olhos com o lenço, saudando a todos. Na Zona, as mulheres penteavam-se às janelas, acendiam as muitas lamparinas para as farras da noite.

Mestre Nonato ouviu a porta da rua se abrir e batidas pelo cacete no chão.

– Boa noite para todos!

– Boa noite, Delfino!

3 Manhãzinha cedo.

Mestre Nonato lavava o rosto no quintal, nu da cintura para cima, pernas abertas, vasilha na mão. O tarefeiro passou correndo do outro lado da cerca:

– Uma confusão dos diabos no *Gato Preto*, Mestre.

Mestre Nonato atravessou a casa em poucas passadas, ganhou a rua, rosto pingando. O mulherio apreciava de longe. Junto ao *Gato Preto*, bloco compacto de tarefeiros. Marchou para lá. Abriu brecha com os braços, arredou a miuçalha:

– O que foi? Que frege é este?

Guedegue babava-se de raiva, agarrado por muitas mãos. Zé-Rodrigues fazia comício na porta de sua venda, a mulher abraçava-o pela cintura, "pelo amor de Deus, meu filho, deixe de escândalo".

Mestre Nonato procurava inteirar-se do acontecido, conhecer os detalhes.

– Foi no acerto de contas, Mestre. Quase se pegam.

Mestre Nonato girou no meio da roda. Sabia ser de respeito. Apartara muitas brigas. Abriu os braços para o povo:

– O que foi, minha gente?... Calma.

Guedegue respirava difícil:

– Esse porqueira, Mestre, furta até de Jesus Cristo.

Zé-Rodrigues avançou:

– Dobre a língua, cachorro!

Com repelões procurava livrar-se dos braços de dona Candoca:

– Me larga, mulher!

Guedegue dava explicações a Mestre Nonato. E o

Mestre, braços estendidos como para voar:

– Vamos com calma, meus amigos.

Guedegue, agora livre, passeava nervoso no círculo fechado, puxava o cós das calças com repelões violentos. Tarefeiros, escorados em seus ferros-de-cova e picaretas, a coçar bolhas e brotoejas, apreciavam em silêncio, curiosos. Dona Candoca procurava levar o marido para dentro da bodega:

– Não faça escândalo, meu bem.

– Me solta, mulher! Só arredo quando esse peste se sumir da minha frente.

A resposta veio rápida:

– É a mãe. Peste é a mãe.

Zé-Rodrigues livrou-se da mulher com um coice violento, marchou decidido para Guedegue, olhar injetado, não respeitou o braço estendido de Mestre Nonato. Guedegue, ágil, armou-se de uma picareta. Zé-Rodrigues estacou, trêmulo, bufando, na defensiva, rilhando os dentes:

– Cuide da menina Cristina, Mestre. Tem urubu arrastando asa perto dela dia e noite...

Como um raio que caísse, Mestre Nonato sentiu-se suspenso no ar, braços caíram num abandono. Como uma bala, Guedegue partiu para Zé-Rodrigues: a picareta foi de encontro à parede. Choveu gente para dominá-lo. Viu-se entulhado por muitos corpos. E babando, olhos esbugalhados, no desvario do ódio:

– Mato ele. Mato ele. Juro que mato.

Arrastaram-no para longe dali. Zé-Rodrigues entrou na bodega, desabafado, sapecou murro sonoro no balcão:

– Cobro direito! Só compra aqui quem quer. E ele não

bota mais os pés na minha loja. Tenho lá medo dessa bostinha de gente...

Mestre Nonato, no mesmo lugar, sem ação, um frio mortal a lhe gelar a espinha. Guedegue gritava ao longe, levado pelo grupo de tarefeiros:

– Mato ele! Liquido com ele!

O povo debandava, cochichos muitos, olhares esquivos para Mestre Nonato.

Chegou seu Honório nos largos suspensórios:

– O que aconteceu, Mestre?

Não respondeu. Virou-lhe as costas, saiu rumo de casa, um vácuo dando-lhe tonteiras, não pensava nada, olhos no chão. Aproximou-se Chico Benedito, puxou conversa, tímido, solidário:

– Este povo briga por nada, Mestre...

Acompanhou-o até à porta de casa, falando sempre. Mestre Nonato não dava pela presença do amigo, não ouvia os cumprimentos que vinham de longe, "bom dia, Mestre!"

Entrou em casa, parou no meio da sala, olhar fixo na parede. Meninos brigavam no quintal. A voz da mulher no quarto:

– Já vai pro serviço, Nonato?

Arriou-se no tamborete. Sentia ligeiro tremor nas mãos, batidas no coração mais rápidas. Limpou o suor da testa com as costas das mãos. Nunca passara, em toda sua vida, por vergonha maior, nem mesmo quando, tarefeiro brabo, ouvira gritos na presença de todos na salina *Margarida*. De há muito corria essa história de boca em boca, mas nunca dera crédito. Guedegue sempre fora de muita bondade e o povo não passava sem fuxicos maliciosos. Agora o fuxico se transformava em escândalo, toda a salina comentaria as palavras de Zé-Rodrigues. E teria de enfrentar aquela gente, os olhos enviesados dos companheiros. E como voltaria a encarar Guedegue? Que resolução tomaria? Não teria coragem de chamar Guedegue para uma explicação. Devia a ele muitos favores. Quando os maxixes apareciam e as rachaduras dos pés inflamavam, era de Guedegue que se socorria. Nunca dera ouvidos à língua comprida do povo. Mas bem que Guedegue gostava de passeios para os lados do riacho, manhãzinhas, quando Cristina ia aos banhos. Vira-o uma ocasião dirigir-se ao barreiro carago, boca da noite. Quem sabe a voz do povo escondia a verdade... Guedegue tinha atitudes esquisitas. Inúmeras vezes fora visto, alta madrugada, passeando pelas dunas. Zé-Rodrigues apenas falara alto o que todo mundo comentava baixo. Lembrava-se agora que, no aniversário de Cristina, fora Guedegue o primeiro a chegar, um corte de chita debaixo do braço. Ouvira mais de uma ocasião seu Honório comentar: "Guedegue não é gente. Pedaço de bicho doido". Necessário tirar a prova, enfrentar a situação, observar os movimentos de Guedegue. Aquele jeito alegre, andar bambo de jangadeiro, olhinhos espremidos, não seriam de gente séria. Tiraria a prova e então Guedegue pagaria caro, tomaria uma resolução, talvez o matasse.

Mestre Nonato sentia, porém, apenas nostalgia e abandono, leveza e cansaço, desejo de ficar ali sentado, olhando o reboco da parede.

– Ainda aí, Mestre?

Virou-se para a voz que vinha da janela.

– É você, Benedito?...

– Seu Honório mandou lhe chamar. A turma já pegou no banzeiro.

– Volto já, Benedito. Vou beber um café.

Depois saíram pelo barranco, rumo dos baldes. Tarefeiros formigavam no vuco-vuco de suas tarefas. Ninguém nas portas das casas. No *Gato Preto*, ainda alguns curiosos.

– Mestre, qualquer dia largo isto. Vou de batida pro Sul. Arribo e não deixo rastro. Largo até a mulher. Isto é uma porqueira de vida, meu chefe...

Mestre Nonato, cabeça baixa, caminhava devagar. Benedito bateu-lhe no ombro:

– Se importe não, Mestre. Seu Zé-Rodrigues mandou pedir desculpa.

– Hem?

Baixou de novo a cabeça, olhos no chão, pensando em nada.

4

Bibio empurrou a porta do quartinho e entrou. Encontrou cego Delfino deitado. Do grande paiol chegavam surdas pancadas e vozes de homens: "Despeja a porra do sal!" – "Vai trazendo devagar, devagar..."

– Ainda deitado, seu Delfino?

Cego Delfino levantava-se cedinho. Quando os homens entravam no grande paiol para as tarefas da manhã, ele já lavara o rosto, enrolara a rede, e ficava quieto no tamborete, do lado de fora, esperando Bibio para levá-lo ao café.

– Dormindo ainda, seu Delfino?

Olhou para dentro da rede e recuou de espanto. Cego Delfino, boca aberta, olhava para as telhas, braço pendido para fora da rede, mão crispada segurando o cacete. Bibio encostou-se duro à parede, entalado, bugalhos em cima de cego Delfino, ali impassível, sem pestanejar, dentes à mostra, ponta da língua aparecendo, fio de baba a correr. Desabalou na carreira, porta afora, peitou no tarefeiro que passava.

– Está cego, menino?

Apontava, recuava e apontava:

– Seu Delfino... Seu Delfino...

O tarefeiro olhou-o intrigado, entrou no quartinho. Bibio ficou esperando, passadas lentas para trás, em defesa, dedo na boca, medo e espanto. O tarefeiro voltou e soltou o berro:

– Chega, gente! Cego Delfino morreu!

Bibio disparou na carreira rumo de casa. Tarefeiros que passavam para os lados dos aterros aproximaram-se no chouto ligeiro.

Em poucos minutos, magote de gente entulhava a porta do quartinho. Os homens que socavam sal no grande paiol perguntaram de lá: "Que esculhambação é essa?", suspenderam o serviço e vieram correndo. Outros saíram do *Gato Preto* trazendo copinhos de cachaça na mão. Mulheres apareceram na rua, faziam pala sobre os olhos, perguntavam-se o que havia acontecido. E raparigas, aos bandos. A meninada abandonou a bola no campo de futebol, misturou entre os grandes, curiosa, cabeças para cima. A notícia corria rápida toda a salina. Tarefeiros abandonavam os baldes. Romaria de gente muita, de todas as direções. Obstruíam a porta, espraiavam-se como em comício.

Chegou Mestre Nonato, nervoso, espantado, abriu brecha entre o povo:

– Com licença... Com licença... Está morto mesmo?

Aproximou-se da rede, balançou o punho:

– Delfino...

– Está morto, Mestre. Fala o quê!

Mestre Nonato, palidez transparecendo no rosto moreno, circulou a vista pelos presentes. Uma mulher empurrou-o com os cotovelos. Trazia uma vela.

Na parede, um Coração de Jesus, desbotado, roído de traças e comido pela maresia, sem moldura, assistia toda a cena. Mestre Nonato, sem ação, cruzava e descruzava os braços, metia as mãos nos bolsos. A mulher no trabalho paciente de colocar a vela nas mãos do morto.

– Quem tem fósforos?

Uma voz veio tímida:

– Carece não, dona. Ele morreu dormindo. Nem segura a vela.

Uma mão, porém, estendeu a caixa de fósforos e a vela foi acesa. Ajoelhada, a mulher auxiliava cego Delfino a segurá-la. E ele parecia mais imponente, ali deitado, vidrando as telhas, ausente.

Alguém cochichou:

– Fecha os olhos dele... para a alma se acalmar.

A mão caiu no ombro de Mestre Nonato:

– Ele era um homem bom, Mestre. Meus pêsames.

– Obrigado, Benedito.

A mulher puxava a ladainha. Cochichos. Conversaria

tumultuada lá fora. Outra mulher pedia passagem. Estendeu um lençol branco sobre o morto. Um tarefeiro lembrou:

– Vou chamar padre Orlando e avisar seu Honório.

E gente chegando. Mestre Nonato retirou-se do quartinho:

– Vou levar ele lá pra casa, providenciar o enterro.

Chegava seu Honório:

– Como foi isso? Morreu ou foi ataque?

Zé-Rodrigues fumava charuto, nu da cintura para cima. Mestre Nonato dirigiu-se para casa. Ia cuidar da arrumação da sala para receber cego Delfino. Entrou e foi gritando:

– Morreu mesmo, Maria! Precisamos arrumar a casa. Vão trazer o corpo para cá. Cadê Bibio?

Bibio fugira para o fundo do quintal. Escondera-se no canto de cerca. Procurava fugir, não enfrentar a morte de cego Delfino. Ali, junto ao poleiro das galinhas, encolhido, estava bem longe dos olhos de cego Delfino. Abertos, grandes, encarando as telhas. Lembrava-se da morte do irmão mais velho, dormindo no caixão azul, na sala, o corpo moído pelo peso de muitas sacas de sal. O rosto pálido, tranquilo, como se dormisse, o vento acariciando-lhe os cabelos. Vira-o de perto e tivera quase a certeza de que se o chamasse para brincar ele se levantaria, acordaria de seu sono. Então a morte sempre lhe parecera assim calma e serena, como um sono bom. Quando ouvia falar que alguém fora encontrado morto, lá para os lados das dunas, onde os crimes se sucediam, era do irmão que se lembrava. Uma manhã, da janela, vira dois tarefeiros conduzindo uma rede, o sangue gotejando na areia. Mestre Nonato discutia do lado de fora, falava que o morto fora encontrado à beira do riacho, onde se formavam as grandes marés, mutilado com muitas facadas, o rosto retalhado de cortes. Não acreditou. O morto teria o rosto tranquilo, como se dormisse numa grande paz, o vento acariciaria seus cabelos.

Cego Delfino mostrara-lhe agora outra dimensão da morte. O braço estendido para fora da rede, segurando o cacete, escangotado, olhos sem luz, vidrados nas telhas. Nunca que o chamassem para ver outra vez cego Delfino.

– Bibio!

Não respondeu. Encolheu-se, apertou os joelhos com os braços.

– O que está fazendo aí?

Quis falar. Apenas moveu os lábios.

– Saia daí.

Levantou-se devagar.

– Eu não quero ver ele não, pai...

– Saia desse monturo.

– Não quero ver mais ele...

– Então vá pro quarto. Fique lá.

No quarto, embiocou-se na rede, trêmulo, lençol cobrindo os olhos. O irmão mais novo esperneava na rede ao lado. Ouvia o zunzum de vozes na sala e corredor. Homens falavam alto. O pai dava ordens.

– Mamãe!

A casa estaria cheia de estranhos, que muitas eram as conversas. O irmão choramingava ao lado.

– Mamãe!

Dona Maria abriu a banda de porta:

– O que é, Bibio?

– Ele já chegou, mãe?... Não quero ver ele não.

– Deixe de besteira. Fique aí quieto.

Enrodilhou-se como um caracol, lençol cobrindo a cabeça, fechou a rede com as varandas.

A romaria aumentava, invadia a cozinha. Em breve, chegaria cego Delfino, os olhos escancarados, grandes, e se estenderia ali na sala para o velório. Viria muita gente de outras salinas, dos mangues, igual de quando do enterro do irmão mais velho. Só não viria a menina de tranças, fita bonita a descer dos cabelos. Correriam toda a salina e suas tranças voariam, voariam... Saudaria os homens metidos no sal verde dos baldes. A menina admirar-se-ia de sua importância, da roupa nova feita por dona Ernestina, novinha ali dentro da mala. Os amigos do futebol apreciariam de longe, jogo esquecido. Iriam ao barreiro carago e, de mãos dadas, desceriam as dunas na carreira, para o lado do mar, a areia entrando nas dobras da roupa, e ela a sorrir, a sorrir...

Sol alto, empinado no céu, cego Delfino descansava na sala de Mestre Nonato, estirado no caixão preto encomendado por seu Honório. Na velha roupa de brim. Penteado. Os bicos dos sapatos cambaios destacavam-se formando *V*. E, ali, na sua austeridade, o cacete ao lado, no meio das poucas velas e flores, cego Delfino impunha respeito e silêncio.

Veio um mundo de gente para o velório. Dona Maria, na cozinha, conversava com as amigas, todas prestimosas, ajudando. Filhos presos à sua saia, o mais novo no colo. Mestre Nonato, no paletó de muitos remendos, aparecia sisudo para as providências:

– Olha o café das visitas.

Recebiam pêsames, como se o morto fosse um parente.

Dona Maria contava às amigas virtudes do falecido:

– Homem bom, minha filha... E tinha saber.

– Deixou parente?

– Não sei.

Chegou padre Orlando. Empertigou-se diante do morto, olhos baixos, na disciplina religiosa, de roquete e estola, livro aberto, em orações mudas. Cabeças enchiam corredor, cozinha, obstruíam a entrada da rua. O vento zunia forte, apagava as velas.

Uma voz veio alteando:

"Capineiro de meu pai..."

Padre Orlando levantou a vista, fuzilou por cima das lentes:

– Levem ela daqui.

A mão segurou Cristina pelo braço. Alguns minutos após, a voz chegava do quintal:

"Capineiro de meu pai..."

Bibio acordou, descobriu o rosto, abriu os olhos e procurou acompanhar de ouvido os movimentos. Conversas sussurradas. Veio a mãe e ofereceu comida. Não quis nada.

– Faz tempo que chegou?...

– Um pedaço.

Continuou à escuta, adivinhando os rebuliços. Cego

Delfino estaria de olhos vidrados, ali na sala, pertinho, boca aberta esperando ar, ponta da língua de fora, fio de baba a correr. Conversas curtas no corredor, rezas de mulheres. Dona Eufrosina estaria presente. Aparecia com suas rezas em todas as tragédias. Rezara um tempão junto ao corpo do irmão mais velho, ali na sala, suas longas mãos de dedos compridos a correr o rosário. Sempre lhe causara agonia olhar aquelas mãos. E a agonia era maior quando os dedos tocavam-lhe o ombro: "Mais devagar, Bibio". Os olhos de cego Delfino eram grandes. Às vezes ele os fechava, como num esforço para enxergar. Nunca imaginara que ele os pudesse abrir tanto, no desespero da morte, como se procurasse recuperar num só instante todos os longos anos perdidos na escuridão da cegueira. Então veio uma menina de tranças e fita muito bonita e sorrindo chamou-o de Bibio. Pegou-lhe a mão e levou-a para brincar. Ela ria com meiguice e achava-o bonito. Puxou-a na carreira até às dunas, desceram à beira do mar, apreciaram jangadeiros estendendo tarrafas na praia. Correram para o infinito. Depois saudou os homens levantando os braços e a menina se admirava de ele conhecer tanta gente grande. Admiração muita, que ela abria os olhos, mais, mais e mais. Estendeu o braço e a mão que lhe caiu no ombro era calosa, pesada, trêmula, nervosa, unhas amarelecidas.

– Acorda, Bibio! Dormindo o dia todo...

Dona Maria sacudiu o punho da rede. Silêncio. Apenas briga dos irmãos, na cozinha.

– Já foram. Teu pai não quis te acordar.

Levantou-se cauteloso. Sala vazia. Tamboretes e caixões de querosene encostados às paredes. O cheiro de vela rondava no ar. E a mesa no centro da sala ainda guardava as proporções do corpo de cego Delfino, a dimensão de seus olhos. Pétalas murchas pelo chão.

– Quer comer, meu filho?

Abriu a porta da rua e viu que toda a salina era uma vasta solidão branca, e o vento uivava numa carícia, arrepiava a água dos baldes, trazia trechos picados do *Capineiro*. Sentou-se no batente de entrada e começou a quebrar um graveto nos dedos. Para os lados dos aterros, Guedegue sozinho, encolhido, murcho, encostado a uma pilha de sal.

Lá, muito longe, nas dunas, alguém corria, cabelos soltos ao vento.

5 As manhãs alvoreciam num quebrar de barra de vermelho sanguíneo, céu esfiapado de capuchos. E quando as primeiras janelas se abriam e no puteiro as rameiras apareciam em suas portas, bocejando ressacadas e despedindo-se dos fregueses da noite, já o sol reverberava num pisca-pisca de espelho.

Tarefeiros iam e vinham pelos aterros, espalhavam-se no branco-verde da planície muito antes que se ouvisse o apito distante da fábrica, no arrabalde da cidade, chamando seus operários.

O sol ganhava as alturas, navalhava, cegava, sufocava, espalhava-se em mil reflexos, feria com seus espinhos.

Baldes apinhados, ferros-de-cova e chibancas a quebrar crostas espessas de sal fresco. Seu Honório nos suspensórios largos, chapéu de grandes abas, óculos escuros, à sombra do paiol, não arredava pé, com precisão acompanhava o movimento de cestos e carros-de-mão que subiam e desciam pelas pranchas amarradas em cordas e arames.

Homens licenciados de tarefas, vítimas da corrosão, padeciam as inchações dos maxixes e calos brancos arrastando-se pelas sombras dos paióis, estourando bolhas e coçando brotoejas, sonolentos, modorrados, largados, como atacados de lepra.

Muitas eram as redes armadas nos casebres para os lados do puteiro. Ali se alojavam os brabos, matutos descidos dos sertões. Metidos no caldo grosso do cloreto, cobriam-se de mazelas, gemiam noite e dia com compressas sobre os olhos para aliviar a ação venenosa do sal verde. Mulheres socorriam-nos com meizinhas, auxiliavam com mãos leves de enfermeiras.

Mestre Nonato, braço direito estendido para uma ordem, – "Quebra direito!" –, esquerdo comandando outra, – "Aguenta o cesto!" – andava sobre os aterros, quebrava o corpo para dar passagem, olhos experientes metidos na água serena, a descobrir revências. Inspecionava paióis, comportas – "Está vazando água!" – cercos, bomba do cata-vento.

Meninos corriam os baldes, barrigudos, bojos a carregar muitos vermes, umbigos enormes, pés-de-pato, membros de cambito, olhos inflamados como atacados de tracoma – ofereciam água fresca, conduzindo quartinhas na cabeça.

Nas sacarias, mascando e esparramando sonoras cusparadas, buchos empinados a carregar filhos de muitos meses, o mulherio circulava os últimos fuxicos.

Vez por outra, alguma chuva louca perdida despencava

sem aviso. O sol recolhia sua luz, nuvens se formavam por encanto no céu aberto, despejavam água doce sobre os chocadores, esculhambando a festa, espichando para mais de trinta dias o período de safra.

Novidades, crimes, escândalos, pagodeiras, como as chuvas loucas, vinham e iam sem deixar rastro.

Caíam as tardinhas, Cristina fazia seus passeios. Por detrás dos casebres a bola surgia e eclipsava-se. Homens seguiam em grupos vagarosos para o *Gato Preto*, arriavam-se à sombra boa dos paióis para os jogos de onça.

Mestre Nonato desfazia-se das canseiras escorado à janela, cumprimentando os que passavam, saudoso de cego Delfino para os seus desabafos.

Almas-de-gato, para os lados do riacho, volitantes, descaíam e ziguezagueavam.

O cata-vento, solitário, range-rangia.

6

Chico Benedito era amigo de vadiações. Falavam de chamego para os lados da cidade. Nos dias de bebedeira batia na mulher e sumia-se de casa. Voltava pela madrugada, cantando, descompondo meio mundo.

Não apareceu às seis da manhã para o início da tarefa. E lá para as sete, sol alto, a amásia corria os baldes procurando-o. Informava que ele saíra noitinha e não voltara.

Na véspera, chegara encachaçado, dera-lhe tabefes e se fora. Por isto, ela passara a noite a resmonear, acumulando descompostura para a manhã seguinte, quando ele aparecesse, moído e ressacado, para o serviço. Mas o dia clareou, a salina entrou no vuco-vuco e nem sinal de Benedito. Ela então correu a vizinhança, os cercos, discutiu com raparigas da Zona, informou-se de muita gente.

Ao longo dos aterros, desvairada, gritou e puxou os cabelos. Armou escândalo. Amigas vieram socorrê-la.

– Eu quero meu homem!

Arrastaram-na para casa, que logo se encheu de gente. A rua de casebres entrou em festa.

Estirou-se na rede:

– Ai meu Deus! Eu quero meu nego. Quero o meu macho.

Rodas de curiosos comentavam a ausência de Benedito, debulhavam a novidade. E veio a magricela sarará, barriga monstruosa, pernas de socó, afirmou que certa vez vira Benedito conversando com uma negra, na praia. As amigas apertaram a roda, olhos apitombados, pediram detalhes. A sarará coçava o bucho sungando o vestido, acrescentava que a negra tinha um dente de ouro e entrava no mar levantando o vestido, na maior sem-vergonhice.

– Não falei nada pra não vexar dona Gertrudes. Não sou de fuxico. Cuido do que é meu.

A mulher, derramada na rede, acabava-se no lamento. As amigas, esquecidas de suas obrigações, falavam e falavam, entravam e saíam. Chegavam as que moravam longe:

– O que foi, criatura?

Uma achou de balançar o punho da rede, tímido gesto de solidariedade. O choro ecoava alto, e depois se sumia sentido em soluços baixinhos. As queixas alternavam-se às pragas:

– Negro nojento! Macho desgraçado! Cão do inferno!

O sol subiu e às dez horas os homens suspenderam o serviço. Nem sinal de Benedito. E dona Gertrudes jogada com o seu sofrer, estirada na rede, pernas abertas, vestido levantado, compostura indecente. Fuxicos se espalhavam. Muitas eram as mulheres que agora conheciam a negra do dente de ouro. Velha Belarmina, escorada à janela da vizinha, bola de fumo na bochecha, balançava o pesado úbere:

– Conheço a diaba, minha filha. E não é de hoje. Foi rapariga do sargento Joel. Já vi ela tomar banho nua mais um magote de jangadeiros, na maior esfregação. Aquilo lá presta!

Mestre Nonato entrou em casa, gritou pela mulher. Ela veio correndo da casa da vizinha, arrastando chinelos:

– Coitada de dona Gertrudes, Nonato. Eu estava lá socorrendo ela...

– Bota a comida. Tenho de voltar antes das duas. Uma revência que não tem tamanho... O diabo da água está estragando o coalho.

– Dona Gertrudes, coitada...

Mestre Nonato passou para a cozinha sem fazer comentários. Dona Maria dirigiu-se às panelas, desviou com o pé, de junto do fogão, o menino que engatinhava.

– Será que ele fugiu com a outra, Nonato? A do dente de ouro?

– Dente de quê?

– De ouro.

Bebeu água. Pendurou o caneco e sentou-se à mesa.

– Francisco Benedito foi para o Sul, Maria.

A mulher abriu a boca, disse nada. Escorou-se ao fogão. Mestre Nonato assoviava baixinho, cotovelos na mesa, olhos metidos no fundo do prato. Zunzum de gandaia na vizinhança. O menino que engatinhava meteu-se por debaixo da mesa, abraçou-se às pernas do pai. Mestre Nonato, com o pé, afastou-o de leve.

– Ele fugiu mesmo, Nonato?

Antes indagou:

– E a comida?

A mulher não se mexeu. Então Mestre Nonato abriu os braços:

– Anda, mulher! Bota essa comida.

Ela se virou para o fogão, ficou a mexer nas panelas e a arrumar pratos. A zoada na vizinhança chegava pela janela da rua e portas dos fundos. O chororô atravessava a parede.

– Chico Benedito foi pro Sul. Ontem me avisou...

– E por que você deixou, Nonato? A pobrezinha ficou sozinha, coitada...

Mestre Nonato aumentou a voz, impaciente:

– E eu tenho lá nada com isso, mulher! Mal dou conta da minha vida. Ele vivia falando em São Paulo. Não acreditei. Cuido do que é meu e acabou.

Virou-se para a mulher, ali parada, prato de feijão na mão:

– E fica calada, hem. Nem um pio. Ela que trate da vida.

– Mas Nonato...

– Bota a comida. E fecha a tramela. Ninguém tem nada que ver com estrupício dos outros. Ela é uma quenga da rede-rasgada, você sabe disso. É bom que desapareça daí... Já te disse que não quero metida na casa dela. Benedito fez muito bem. Também não demoro aqui. É só terminar o último mês de safra. Deste inferno até Delfino escapou. E traz a farinha, não fica aí dormindo.

Passou a comer de cabeça baixa. A mulher dirigiu-se ao corredor.

– Pra onde vai?

– Vou pra sala... Credo.

– Chama os meninos pra dentro. Cadê Cristina?

– Saiu...

– Precisa dar um jeito na vida dessa menina. Acabar com esses passeios idiotas. Ela tem juízo pra obedecer. Leva este menino daqui.

O garoto voltava a lhe abraçar as pernas. A mulher tirou-o de debaixo da mesa, saiu levando-o no braço.

Mestre Nonato comia devagar. Aumentava a confusão na vizinhança. A mulher avisou a sala:

– Guedegue veio de manhã pedir emprestado aquele ferro-de-cova. Trouxe até uma fita pra Cristina.

– Você emprestou?...

– Disse que pedisse a você.

Aquilo era outra novidade. Guedegue se chegava. Amoitara-se depois do escândalo com Zé-Rodrigues. Faltara alguns dias ao serviço, simulando doença. Passou a andar de cabeça baixa, capiongo, mal cumprimentando os conhecidos, fazia voltas para não se encontrar com ele, Nonato. Cumpria as tarefas casmurro, metido em seus pensamentos. Fugira das rodas de bate-papo, dos jogos de onça. Era visto sempre alta noite para os lados das dunas, em passeios solitários. Quando da morte de cego Delfino, aproximou-se da janela, olhou o morto um bom tempo, depois foi sentar-se no barranco, e ali ficou cismático, riscando o chão com graveto, até muito depois de o enterro sair. Ninguém mais procurava Guedegue para pedir favores. Aquela mudança de atitudes deu na vista de todos. E o zunzum corria a salina: "Guedegue anda com manha, estudando arte. Zé-Rodrigues que abra o olho". Mas Zé-Rodrigues, na língua solta, continuou sem temores, contava histórias desconformes sobre a vida privada de Guedegue. E repetia aos tarefeiros: "Mestre Nonato que cuide da filha. Solta por aí..." Bem que suas desconfianças aumentaram. Vigiou os passos da filha muitos dias, deu-lhe gritos, proibiu-lhe os passeios. Cristina ouviu calada. Continuou, porém, na mesma vida. Então foi esmorecendo nas ordens com o correr do tempo. E a morte de cego Delfino, que alimentou os assuntos das conversas por tantas e tantas noites, veio pôr um esquecimento em suas preocupações. Desapareceu inclusive o acanhamento diante de Zé-Rodrigues e dos companheiros.

– Maria...

– Estou aqui na sala, Nonato.

– Vem cá.

A mulher aproximou-se, menino no braço a puxar-lhe o rosário sujo do pescoço.

– Diga pra ele que o ferro-de-cova eu vendi. Ele quer se chegar...

– O pobre trouxe até uma fita...

– Leva os pratos. Bota os meninos pra dentro. Dê o recado e pronto.

Levantou-se, foi à porta do quintal arrotando alto, acendeu um cigarro. Conversas e choro de mulher se acabando. Gente passava do outro lado da cerca, conhecidos largavam a saudação:

– Solzão, Mestre!

Continuou ali escorado à ombreira da porta.

– Não vai descansar, Nonato?

Despertou com a pergunta da mulher. Jogou longe a ponta de cigarro, apanhou o chapéu de sobre a mesa:

– Vou pro *Gato Preto*. Não aguento esse inferno nos meus ouvidos. Chico Benedito fez muito bem. Vou também largar isto. Bota a meninada pra dentro e fecha a porta. Mande Bibio levar pro paiol a quartinha com água fresca. E nem um pio, hem!

Abriu a porta da rua. A romaria estendia-se até o alto do barranco das águas-mães. Não levantou a vista. Alguém perguntou:

– Já vai, Mestre?

Não procurou saber quem falara. Dirigiu-se ao *Gato Preto*. O sol tinia de quente, brilhava em mil lâminas nas pirâmides de sal enfileiradas ao longo dos aterros, vibrava nas crostas de coalho dos baldes. Grânulos de sal grosso, espalhados pelo chão, reverberavam como cacos de vidro.

Avistou o menino que passava correndo.

– Bibio!

– O que é, pai?...

– Passa já pra casa.

Ficou parado, olhar duro de repreensão, esperando que o filho cumprisse a ordem. Depois continuou caminho e entrou no *Gato Preto*, àquela hora deserto de fregueses.

Zé-Rodrigues veio lá de dentro palitando os dentes, escorou-se ao balcão:

– O que manda, Mestre?

De costas para o balcão, apoiado nos cotovelos, pernas cruzadas, Mestre Nonato olhava o tempo. Ouvia-se apenas o zunir do vento quente e o picar do moinho a moer sal.

– Benedito deve andar na pagodeira, hem, Mestre?...

– É...

Silêncio prolongado. Zé-Rodrigues mudou de assunto:

– Quantos brabos foram admitidos, Mestre?

– Quinze.

– Estive vendo alguns deles ontem à noite. Muitos gemiam com os pés em brasa. Um foi atacado da vista, reclamava como bezerro sem mãe.

Zé-Rodrigues quebrou o palito, fez menção de jogá-lo ao chão. Mas os olhos caíram em Cristina, que passava sobre o aterro. Paralisou o gesto, palpitando.

Mestre Nonato viu a filha, despistou, virou-se rápido, procurou assunto:

– Já recebeu cigarro *Yolanda*?

– Hem...

– Cigarro *Yolanda*...

– Ah... Sim... Chegou... O senhor manda, Mestre.

7

Nas horas de nenhuma freguesia, quando abria o livro de contas sobre a mesinha, lamparina ao lado bamboleando o fumaceiro, todo o seu desejo aguçava. Suspendia as somas, toco de lápis entre os dedos, olhar morto na parede. O peito cabeludo branquejava de pó fino de sal, trazido da casa do moinho pelo vento. E de entre as sombras que a lamparina desenhava, gigantes e confusas, surgiam as formas da menina Cristina. O sangue latejava nas têmporas, surdez estranha zumbia-lhe nos ouvidos. Com menino Daniel assim acontecera. Palpitações, zonzeiras, desde quando o vira a banhar-se junto ao cacimbão. E depois que lhe abafou o grito, no gesto rápido e violento, e se sentiu satisfeito, entrou em grande abatimento, os olhos boiaram num princípio de choro e desespero. E quando, madrugada alta, conduziu-o nos braços, ziguezagueando, procurando os ermos, para deitá-lo na amplidão do barreiro carago, pensou em continuar para o mar, jogar-se nas ondas e nadar até se sumir no suicídio.

Primeiro fora com a pretinha impúbere que vendia tapiocas, na pequena salina para além dos mangues. Encontrara-a sozinha, noite avançada, de volta para casa. Pela vez primeira vieram palpitações, violenta dor de cabeça. Na papa mole do mangue deu cabo da pretinha, depois de tingir-lhe o vestido de sangue.

O tempo passou. Vagou por salinas. Jaburus em becos de cafuçus e canelaus. Quebra-queixo e pés-de-moleque em forrós de jangadeiros. Prosperou nos comércios. Chegado à *São Francisco*, a pretinha era apenas lembrança remota. E apareceu menino Daniel no seu caminho...

Acontecia passar dias e dias liberto da obsessão, metido no seu comércio, carregando nas contas, apertando nos pesos. De repente, noite alta, perdia o sono, olhos grudados nas telhas, o vento a zunir nas frinchas das portas, a mulher ao lado ressonando alto, olhar de desespero de menino Daniel apertando-lhe o coração. Fazia planos de mudança para bem longe, outra salina para além dos mangues.

Veio porém Cristina, peitinhos soltos na transparência do vestido fino, e ele novamente despertou para a vida. Abriu o armário para as fitas e presentes, uma bola para Bibio. Mestre Nonato, sem compreender bem por quê, viu crescer-lhe o crédito. "O senhor manda, Mestre."

Nos momentos de conflito de consciência, pensava em chamar Mestre Nonato para uma conversa séria, cortar-lhe o crédito, esquecer Cristina. Lutou heroicamente consigo mesmo, passou semanas sem esperar as passagens da menina para o riacho, atendia com muita prosa a freguesia para não ouvir o *Capineiro* às tardinhas.

Um dia, viu Guedegue ao lado de Cristina, na planície do barreiro carago. Sufocou despeito e ódio num desvario mal contido. Desejo insopitado de esganar o tarefeiro.

Sempre ouvira aquelas conversas maliciosas, a desconfiança de todos sobre as possíveis intenções de Guedegue. Passava adiante os fuxicos, ampliava-os, mordaz, soltava risadas fortes. Não acreditava nas manias de Guedegue. Suas esquisitices e manhas ficavam por conta de possível idiotice. Mas aquela presença de Guedegue, na solidão da planície, boquinha da noite, tirou-lhe a tranquilidade, cobriu-o de um ódio surdo e o erotismo passou a nadar nos olhinhos buliçosos. Daí por diante, todas as noites, no quarto de mercadorias, conferindo contas, cismava de olhos no vazio, Cristina despia a blusa fina e esmagava os seios duros no peito cabeludo. Dedos nodosos tamborilavam sobre o livro de contas, cadenciavam sua angústia.

E o escândalo com Guedegue, sem motivo sério, foi

uma necessidade e um lenitivo para seus nervos.

Necessário desmascará-lo e vê-lo evitado por todos, solitário no serviço, capiongo e vigiado, sem amigos. Assim estaria melhor.

Sentiu-se então tranquilo. A imaginação voava livremente. Estudava planos. Mais remorso nenhum pelo que acontecera a menino Daniel. Procurou Mestre Nonato. Mandou recados. "Desculpe, Mestre, mas o negro precisava de uma lição. Aqui o senhor manda." Aceitava todas as desculpas de Mestre Nonato. Desviava o assunto da dívida, deixava o Mestre à vontade, soltava boas piadas. Mestre Nonato encolhia-se de agradecimento, falava de seus longos anos de salina, da decisão de voltar à sua terra. Ouvia sorrindo, compreensivo, e soltava alto, voltando-lhe as costas, como encerrando a conversa: – "Tolice, Mestre. Aqui o senhor manda. A casa é sua".

III

Fim da safra

1 Pilhas de sal fresco e cristalino, recolhidas das safras, embelezavam os aterros. Ali dormiriam meses, enfrentariam ventos e chuvas, aguardariam vez de serem demolidas pelas picaretas e tragadas pelo moinho.

As águas-mães, lentas, sofridas depois da desova, voltavam às suas origens, numa pasmaceira de começo de resguardo. O sol, nas manhãs de muito calor, escondia-se por detrás de nuvens pesadas. O pé-d'água caía em chicotadas violentas sobre a salina e lufava forte, encaroçando as coroas das dunas.

Fim de safra.

Mulheres, sem mais serviços nas sacarias, arregaçavam as saias, joelhos beijando os peitos bambos, pitavam, pitavam, em longas cismas, diante das casas. Tarefeiros dispensados faziam suas trouxas e iam com a filharada, e de lembrança levando muitas mazelas, procurar serviço nas fábricas da cidade. Subiam em jangadas para pescarias em alto-mar. Espojavam-se nos mangues, para além do riacho, na caça aos caranguejos e aratus. Muitos deles, brabos de primeiras safras, atacados de maxixes, calos brancos, coceira nos olhos e brotoejas, curtiam suas inflamações pelas casas das rameiras, em eróticas safadezas. Arriavam-se por lá em tamboretes, insensíveis às inchações, libidinosos, entregues ao tempo e à preguiça.

Apenas os mansos mais mansos, tarefeiros de muitas safras e muitos sóis, continuavam metidos no cloreto. Serviços para mais algumas semanas. Fim de safra, a salina era um quadro de abandono. Um que outro que-fazer nos paióis. Retelhamentos, substituição de ripas, palhas novas de coqueiro. No grande paiol, acachapado e comprido, grupos estendiam-se pela noite na arrumação e desarrumação do sal, metidos em calções, sujos de pó branco da cabeça aos pés, meio alcoolizados para manter a sustância e neutralizar o aperreio da brotoeja. E, no quartinho ao lado, antiga morada de cego Delfino, as fornicações entravam novamente pela noite. Tudo era permitido como despedida. E o *Coração de Jesus*, lembrança do cego Delfino, permanecia na parede, a assistir com seu olhar corroído de maresias as safadagens sem fim. Impúberes eram conduzidas ao quartinho e ali iniciadas nas veredas da vida. Vinha de longe, de sua casa nos confins dos mangues, menina Matilde, virgem puta de onze anos, consumida de bolhas amarelas e tosse brava, rainha de mil bolinagens. Puteiro silencioso, raparigas em debandada atrás de homens. Entravam aos magotes no quartinho, trabalhavam por qualquer preço. Ex-mulher-de-Chico-Benedito dentro do quartinho não tinha dono nem querer. Bêbada e largada, entregava-se a meio mundo. Desde que Chico a deixara, fizera amizade com a cachaça, bebera todos os teréns, vivia aos emboléus, escândalos sucessivos. Metia-se com a meninada e a diversos deles apontara os caminhos da vida. Amanhecia dormindo sobre os aterros. E no *Gato Preto* tarefeiros compravam seus palavrões com doses de cachaça. Muitas e escandalosas eram suas pagodeiras. Entrava, por vezes, em abatimento e chorava encolhida pelos cantos, tranquila e serena. Procurava Guedegue e ninguém sabia o que conversavam. Sentavam-se os dois nos barrancos altos para os lados dos cercos, ali ficavam horas seguidas. Era a única amizade de Guedegue. Por isto fuxicos circulavam. Mestre Nonato crescia em suas desconfianças.

Aquelas conversas sem fim da ex-amásia-de-Chico-Benedito com Guedegue guardariam malignidades. Proibiu a mulher e os filhos de se aproximarem dela. E Mestre Nonato voltou, com mais insistência, a maldizer a vida, e que finda a safra voltaria para o sertão. A filha Cristina por aí, piorando do juízo. A dívida aumentando no *Gato Preto*. O dinheiro encurtando, bastante diminuído depois da morte de cego Delfino. Possuía de seu muitos aperreios, calo no ombro, rachaduras nos pés, marcas de maxixes nas canelas, vista mais curta. Canseira da velhice chegando. A safra estava no fim. Viriam meses seguidos de chuvas. Seu trabalho passaria a ser leve, serviço de vigia, reparos no velho cata-vento, limpezas nas escoadeiras, coisinha aqui, mão ligeira acolá. E conversas sem fim escorado ao balcão do *Gato Preto*, recebendo diárias pela metade para o sustento de tudo. Elogiava velho Alípio, que voltava a aparecer na salina, mudado, limpo da vista, disposto, saldara inclusive sua dívida. Melhorado de vida, trabalhando no macio em fábrica de garrafas. E velho Alípio lhe reforçava a decisão, "deixe isto, Mestre, salina não é serviço pra vivente".

As noites desciam mais cedo numa sinfonia de coaxos. Das biqueiras dos casebres a água gotejava numa persistência de eternidade. O vento vibrava nas frinchas de portas e janelas, de onde escapavam réstias de luz pálida de lamparinas. As marés, quebrando na praia, ribombavam profundo dentro do silêncio.

Mestre Nonato estendia-se na rede, pé na parede, cismático, contava os pingos que caíam lá fora, esperando o tempo passar...

2 A velha segurou as varas, espichou o corpo, falou para o outro quintal:

– Já sabe da novidade, dona Maria?

Dona Maria entortou a cabeça, peça de pano esticada nas mãos. O bacorim se aproximou e o coice para ele se afastar veio antes da pergunta:

– O que foi?

A velha grudava-se à cerca para transferir melhor a novidade, pé suspenso, sola para cima. Dona Maria prendeu o pano no arame e se aproximou coçando a virilha, deixando no vestido marcas de dedos molhados:

– Mas o que foi?...

– Seu Honório mandou Guedegue embora. Ouvi no *Gato Preto* seu Zacarias falando...

– O quê!

O pé da velha desceu e a unha do dedão coçou a canela, desenhando riscos brancos. E a boca contou entre as varas:

– Seu Zacarias disse que Guedegue nem discutiu. Recebeu o saldo e foi embora. Seu Zé-Rodrigues falou que por ele Guedegue podia ficar, não lhe batia a passarinha.

Continuaram debulhando a novidade. O sol tinia. Dona Maria esqueceu as obrigações. Bacia cheia de panos, ali perto, esperando. O bacorim grunhia, fazendo voltas. E o pé da velha suspenso no ar, sola branca para o tempo. O vento grudava-lhe o vestido no corpo, desenhava os gomos das nádegas.

De tardinha, curvado sobre o alguidar, pernas abertas, ensaboando o rosto e os peitos, Mestre Nonato contava detalhes do acontecido. Dona Maria escorada ao mamoeiro, pé apoiado à canela, mão no quarto. Bibio metido em briga com os irmãos, na cozinha. Vento úmido de inverno. Céu escuro, carregado, nuvens bojudas como favos.

– Mas Nonato, e o pobre foi pra onde?

Jogou água nas orelhas, puxou a toalha do arame.

– Sei lá.

Enxugou os peitos, os sovacos, falou através da toalha:

– Seu Honório fez direito. Guedegue vivia aí pelos aterros estudando arte. Depois da briga mais Zé-Rodrigues parece até que endoideceu de uma vez... O xodó com negra Gertrudes não podia ser de gente regulada. E você conhece as histórias que corriam por aí...

– Sobre Cristina?

Mestre Nonato jogou fora a água do alguidar e galinhas espalharam-se num espargir de penas e cocorocós. Estendeu a toalha no arame, armou assovio, desconversou:

– Vambora à janta.

Entrou. A mulher o seguiu, calada, prendendo os cabelos. O quintal ficou deserto. Apenas o bacorim fossava e grunhia e galinhas acercavam-se do poleiro. Mulheres, nos outros quintais, recolhiam panos dos arames e olhavam o tempo. E, para o lado de trás da cerca, alguns poucos homens atravessavam o campo de futebol em direção às suas casas.

Calmaria de sol poente em tarde de inverno, sem os movimentos de tarefas terminadas de semanas atrás. Dois-três acocorados à entrada do grande paiol. E, sentada no barranco, encachaçada, negra Gertrudes a lamentar a ausência de Guedegue.

E a noite caiu, sem luar e sem estrelas, e ela veio carpir à porta de sua antiga morada, como para matar saudades.

A meninada se chegou, fez roda em torno dela. Mestre Nonato fechou a janela, recomendou à mulher:

– Deixa ela pra lá. E chama o Bibio pra dentro.

Estirou-se na rede de corda, armada ali na sala. A lamparina, sobre a cadeira, fumaçava. Meninos chorando no corredor. O caçula no colo da mãe, a puxar-lhe os cabelos. Cristina cantava no quintal. E o lamento de negra Gertrudes entrando pelas frinchas da janela.

– Maria.

– O que é, Nonato?

– Cadê Bibio? Chama ele pra dentro.

A mulher abriu a banda de porta e pôs a cabeça:

– Bibio!

O menino entrou e procurou ligeiro a escuridão da cozinha, fugindo da voz áspera:

– Vai te aquietar, moleque.

Dona Maria fechou a porta, falou do vento forte e úmido, foi ao quarto deitar o caçula, pediu silêncio num *psiu* sonoro, voltou e ficou ali perto do marido, penteando os cabelos. Mestre Nonato fumava, soltava espirais para o teto. Conversas na rua. Mulheres que se acercavam de negra Gertrudes para assistir seu drama. Uma sanfona dava os primeiros acordes, para os lados do puteiro.

– Maria...

– O que é, Nonato?

– Seu Honório fez muito bem. O cabra estudava arte. Dizia a todo o mundo que mataria Zé-Rodrigues. Vivia rondando o *Gato Preto*. Não trabalhava direito. Metido na cachaça e cochichando com essa rapariga. Andava aluado. Fez muito bem seu Honório.

Dona Maria ouvia calada. Agora os lamentos de negra Gertrudes alcançavam as distâncias, em desvarios longos. Não mais Guedegue. Gritava por Benedito, "o desgraçado me abandonou".

Mestre Nonato balançava-se de leve, pé empurrando a parede, olhos no teto, pensamentos voando.

– Maria...

– O que é?

– Nos trovões de março já estaremos longe... Você quer ir?

– Pro sertão?

– Lá a gente tinha de um tudo, lembra-se? Vou largar isto, mulher. Desta vez é verdade. Seu Honório anda me rondando, pedindo para eu ficar. Não dei garantia. Quero anoitecer e não amanhecer. É só mais umas semanas... Vá logo se ajeitando, e de bico calado.

Dona Maria parou de se pentear:

– É de vera mesmo, Nonato?

Antes, soltou algumas baforadas, jogou no chão o toco de cigarro, ralhou alto para os filhos fazerem silêncio.

– Velho Alípio virou gente. Bastou largar isto. E Chico Benedito fez muito bem. Deve andar na lordeza, no Sul. No sertão a história é outra, Maria. Ainda planto neste inverno.

– Quanto a gente deve a seu Zé-Rodrigues?

– Uns dois contos... Sei lá! Não se preocupe que não faço como Benedito, que deixou dívida grande para saldar. A gente sai daqui de cabeça levantada, dando adeus para o povo.

A mulher arriscou uma ponta de preocupação:

– Mas... de que maneira a gente paga essa conta, Nonato?

Respondeu nervoso, cortando o assunto:

– É comigo. Saio daqui em paz. Deixe que eu resolvo.

Longo silêncio. Certamente haviam levado negra Gertrudes para longe. A sanfona, para os lados da Zona, aumentava os acordes. Chegou Cristina e ficou ali parada.

– Já comeu, minha filha?

Olhou para a mãe e balançou a cabeça, confirmando. Mestre Nonato soltou a ordem:

– Vá se deitar.

Cristina desapareceu no corredor escuro. Mestre Nonato levantou-se e abriu a janela. O vento entrou forte.

– Será que tua irmã ainda está viva, Maria?

Desde que deixaram o sertão não receberam mais notícias dela.

– Bem capaz, Maria, que a gente vá encontrar tudo diferente. Meu povo também não deu mais notícia. Clodoaldo sofria do peito. Capaz de ter morrido. E de seu Manezinho, se lembra dele?

– Lembro.

– Vivia com dor de cabeça, coitado... E compadre Valério, por onde andará... Me deu muitos conselhos. Recordo bem suas palavras: "Salina é caiada como cemitério..."

Mestre Nonato olhava o céu, cismava. A mulher, no banco, penteava os cabelos. Bibio brigava com os irmãos, no corredor.

– Me lembro, Maria, como se fosse hoje, do dia em que chegamos na *Margarida*...

– Nem quero recordar...

– Passei outro dia lá perto e vi o cajueiro...

– Falar nessas coisas me lembro logo do meu filho... Nem é bom a gente soprar a cinza.

Um vulto passou. Mestre Nonato soltou a saudação:

– É o Zacarias?! Boa noite, Zacarias!

Depois entrou e estirou-se na rede, suspirando.

– Passa um cafezinho, Maria.

A mulher levantou-se e já no corredor ouviu a ordem:

– E pode ir logo se preparando. Nos trovões de março já estaremos longe.

3 Dias e noites com ribombar de trovões e chicotear de relâmpagos. Casebres acachapavam-se, salina mergulhava no lamaçal.

Dona Maria acordava nas madrugadas, perdia o sono. O marido ao lado ressonava em sopros fortes, a biqueira, no quintal, sempre a despejar água na velha tina, a goteira na sala cuspia sonoro na vasilha. A resolução de Mestre Nonato de abandonar a salina e voltar para o sertão era agora de todos os instantes. Nunca dera muita crença ao desejo do marido, que vinha de anos atrás. Desse desejo não participava. As recordações de sua terra diluíam-se no passado, dela não guardava saudades. Adaptava-se facilmente em qualquer lugar, acomodava-se, resignava-se, apegava-se às pequeninas coisas, indiferente aos sofrimentos, tudo aceitava sem queixas. Dos grandes padecimentos na salina *Margarida* procurava não relembrar, sobretudo porque lhe traziam aos olhos a imagem do filho mais velho, brincando debaixo do cajueiro, estirado no caixão azul, na sala.

Abria os olhos nas madrugadas chuvosas e ficava ouvindo o zunir do vento. No sertão, tudo teria de ser novamente começado. E outra família viria habitar aquela casa, pisar aquele chão, conviver com aquelas paredes. Então perdia o sono e acompanhava os ruídos da chuva.

Uma noite, seu falecido pai desceu do cavalo, estirou o braço para o rapaz que atravessava a praça da Matriz: "Um bom moço, minha filha. Dou meu consentimento. Filho de velho Augusto Nonato, Nonato de respeito, como o pai. Nonato... Nonato..."

Despertou com pancadas na porta:

– Seu Nonato!

Balançou o punho da rede ao lado:

– Nonato. Estão batendo lá fora, Nonato.

Mestre Nonato revirou-se na rede. Sentiu no braço a pressão dos dedos da mulher, sacudindo-o.

– O... que... é?...

– Tem gente te chamando lá fora.

Meteu os pés e passou as mãos nos olhos para afugentar o sono. O grito vinha da rua, seguido de pancadas na porta: "Mestre Nonato! Ô Mestre!"

– Que diabo será? Que horas são?

Dona Maria riscou o fósforo e olhou o velho despertador, ali no chão no canto do quarto:

– Doze e vinte.

Fora, conversavam. E novamente as pancadas: "Mestre Nonato! Ô Mestre!"

Calçou os tamancos:

– Estou indo!

O caçula choramingou. Chegavam da Zona trechos de música e risadas.

Vestiu as calças e abotoando-se saiu do quarto, passando por debaixo das redes armadas no corredor.

– Veste a camisa, Nonato. Está chuviscando.

Sem ouvir o conselho, abriu a banda de porta. Sentiu no rosto e no peito a friagem dos respingos.

– O que foi?...

Dois homens ali à sua frente. O mais baixo informou:

– Mataram seu Zé-Rodrigues, Mestre...

Recuou de espanto:

– O quê, Misael!

– Dona Candoca encontrou ele junto ao balcão, numa poça de sangue. Uma brecha na cabeça. Parece que foi com barra de ferro ou picareta.

Dona Maria se chegava. Ouvia a conversa. Escorou-se ao ombro do marido:

– Minha Nossa Senhora...

Mestre Nonato paralisado, olhos duros. Grupos passavam para o *Gato Preto*. No puteiro, a sanfona e as risadas silenciavam. A novidade corria rápida.

– Vou já pra lá, Misael.

Virou-se desnorteado, confuso:

– Minha camisa. A minha camisa. Vou até lá.

– Também vou...

– Não. E tranque a porta.

A mulher trouxe a camisa de meia. Vestiu-a porta afora:

– Vambora.

Procurou aproximar-se da porta do *Gato Preto*. Um mundo de curiosos. Mulheres chegavam, conversas cochichadas, vinham da Zona nos desbotados e suados vestidos brilhantes.

– Com licença... Com licença...

Mestre Nonato ia furando, abrindo caminho. Na porta, um guarda de sentinela.

– Me chamo Nonato Aparecido da Silva. Sou mestre tarefeiro, amigo do falecido.

– Entra não, meu chefe. É ordem. E se afaste.

– Seu Honório está aí?

– Sei lá quem é Honório... Arrede.

O praça levantou a cabeça, olhava por cima do povo:

– Vão se espalhando! Desafasta!

Mestre Nonato sentiu-se sufocado no meio da multidão, perdido de Misael. Procurou conhecidos. Viu seu Honório sair do *Gato Preto*, um homem ao lado, chapéu de abas longas. Alguém comentou:

– Deve ser delegado ou o doutor juiz...

A notícia espalhava-se com o vento. Lamparinas acesas em todas as casas. Luzinhas piscavam nas palhoças além do riacho, nos mangues. Na Zona, entretanto, as luzes se apagavam.

Mestre Nonato abriu saída com os cotovelos. Dirigiu-se ao aterro próximo para apreciar melhor. Ali, do alto do barranco, homens assistiam em silêncio.

– Boa noite, Mestre.

– É você, Zacarias... Boa noite.

Acendeu um cigarro. Ofereceu outro. Ficaram fumando, calados. Candeias e lamparinas lutavam contra o vento e a chuvinha rala.

– Me disseram que foi uma porrada bem na testa. Mas

por que isso, Mestre?...

– E eu sei, Zacarias...

– Estão falando que foi o Guedegue. Brecha de quatro dedos. Ele morreu com uma porção de fitas na mão, parece que foi na hora em que arrumava o armarinho... Tem jeito de serviço do Guedegue. Só pode ter sido ele...

Mestre Nonato sentiu o calafriozinho subir pela espinha. Continuou calado, fumando. E após algumas fumaçadas:

– E ele foi visto por aqui, Zacarias?...

– Sei não. Mas só pode ser trabalho dele... A cabeça de seu Zé-Rodrigues ficou que nem papa. Foi mesmo para matar...

O pressentimento cortou-lhe a tragada:

– E negra Gertrudes? Por onde anda, Zacarias?

– Foi ela o quê, Mestre. Desde ontem que levaram ela para a casa de velha Hermínia, no mangue. Não se levanta da rede, vendo marmotas, sofrendo de ataques. Coisas da cachaça...

Mestre Nonato acendeu outro cigarro. Chegava um carro, buzinando alto, espalhando o povo.

– É a polícia, Mestre.

Raparigas, levadas pelo hábito, correram com a aproximação do carro.

Mestre Nonato via diante dos olhos a figura de Guedegue, minguada, encolhida, submissa, serviçal. Homem cheio de esquisitices. Passeios solitários pelas dunas, altas horas da noite. Aproximava-se de Cristina quando ela saía a passeio, dava-lhe presentes. Sempre muito prestimoso, "faço o seu serviço, Mestre". A briga feia com Zé-

Rodrigues. "Eu mato ele." Capiongo, crista mole, solitário, cismas longas. Depois se chegando, pedindo de empréstimo um ferro-de-cova velho. A amizade com negra Gertrudes. Os dois juntinhos, sentados nos barrancos, ninguém sabendo o que conversavam.

– Acho que a polícia agarra ele, Mestre.

– Quem?

– Guedegue...

– Ah!

Homens de chapéu entravam e saíam do *Gato Preto*. O carro acendeu os faróis, voltou a buzinar, deslizando em marcha à ré.

A sirena gritou ao longe, fraquinha. O estrídulo aumentou, vibrou na noite, surgiu uma ambulância. Homens de branco desceram. Guardas empurravam o povo, abriam passagem.

– Vão levar o corpo, Mestre.

– Parece.

Via agora diante dos olhos a dívida grande de quase dois contos. Dona Candoca na certa abandonaria tudo, não teria disposição e ciência para levar adiante os negócios do marido. O *Gato Preto* seria fechado, viriam sindicâncias, caça ao criminoso, e se fosse novamente aberto seria por mãos de outro dono. Quem cobraria sua dívida? Nada tinha a ver com tamanha encrenca. Ficaria no seu canto.

– Falou, Mestre?

Olhou para Zacarias, acordou:

– Ahm?...

– Estão levando o corpo.

– É...

Homens de branco conduziam a maca entre o povo. Mestre Nonato sentia pulsações fortes, o sangue corria gelado nas veias. Trabalho de Guedegue? A multidão silenciara. E os gritos de dona Candoca ganhavam a amplidão da salina.

Melhor voltar para casa, trancar-se com os seus, procurar de manhã seu Honório para se informar dos detalhes.

– Boa noite, Zacarias...

– Já vai, Mestre?

Saiu de cabeça baixa, evitando conhecidos. Misael descobriu-o:

– Eh, Mestre! Onde se meteu?

Não lhe deu ouvidos. E sem pensar nada entrou em casa, arriou-se no tamborete. Dona Maria esperava-o. Os meninos acordados, cabeças fora das redes.

– Manda a meninada dormir, Maria.

Ele mesmo gritou, nervoso:

– Durmam!

Acendeu um cigarro. Pediu para a mulher passar café.

– Como foi isso, Nonato?

Abriu os braços:

– Sei lá! Estão dizendo que foi o Guedegue... Que estrupício, meu Deus...

Dona Maria dilatou as órbitas, abriu a boca, coberta de espanto.

– E o café, mulher?

– Essa hora?

– Passe o café.

A mulher saiu para o corredor escuro. Aproximou-se

Cristina, escorou-se à parede, silenciosa, olhos desmesuradamente abertos voltados para o pai.

– Vá se deitar, minha filha. O que você quer de pé esta hora?

– Pai, perdi minha fita...

– Vá dormir. Eu lhe dou outra.

Ficou só na sala, sem nada pensar, pernas estendidas, olhos para o teto, batendo a cinza do cigarro.

Grupos passavam conversando.

4 Cosia-se aos cantos de parede, evitava a chuva. Já se molhara bastante. Sentia cansaço e palpitações. Gente transitava debaixo de guarda-chuvas. E a chuva descia em fios dourados à luz dos faróis dos carros.

Parou na esquina, encolhido, tímido, acocho no peito. A rua era aquela, lembrava-se bem. Lá estava, defronte, a poucos metros, a mesma casa de janelas largas. Silenciosa e imponente debaixo da chuva. Fechada. Luz forte vencia os vitrais e desenhava quadriláteros luminosos nas pedras da rua. Estaria lá dentro? De tranças? E de longa fita a descer pela cintura? Acocorou-se ao canto de parede, no ângulo da esquina, abraçou as pernas. A dois passos o poste, esguio, longo. Subiu a vista de manso, fitou a lâmpada. Como de braços abertos, numa oferenda, a lâmpada despejava luz no calçamento. Desceu a vista, lentidão de lesma. Ali, justamente ali pertinho, cego Delfino tocara músicas bonitas. Não chovia e a noite era de muitas estrelas. Passou gente e deu esmolas. Lembrava-se da moeda que prendera debaixo do pé. E ela veio correndo com outros meninos e se embeveceu com as melodias de cego Delfino.

Sentia-lhe o perfume, a barra do vestido a lhe roçar o rosto, de leve, numa carícia.

O guarda, metido no oleado, parou na esquina em frente, cassetete girando na mão. Fora aquele? "O senhor não pode tocar aqui." – "Pois vamos, Bibio." Nunca mais a vira. Bem que procurara convencer cego Delfino para nova tentativa, era ponto de muito movimento. Mas a morte de cego Delfino esfriou-lhe as esperanças de rever aquela rua. Difícil subir à cidade sozinho. Sem a companhia de cego Delfino faltava-lhe coragem de enfrentar aquele mundo confuso e barulhento. Entre as luzes, os carros, o povo, as belezas das vitrinas – sentia-se protegido com a mão a segurar-lhe o ombro: "Vamos, Bibio". Então, como consolo, ficaram os longos castelos na rede, antes de dormir. Era quando seu heroísmo crescia muito e ela, trêmula de admiração, assistia suas lutas, seus chutes e suas largas saudações aos tarefeiros, numa exibição de popularidade. O menino de roupa de marinheiro levara inúmeras surras e ela batera muitas palmas. A mão a correr de mansinho na borda da rede, como se acariciasse longas tranças.

Cristina ficou triste, numa noite de chuva forte, e entregou-se a um mutismo sem fim. Abandonou o ramo verde, esqueceu o *Capineiro*. Madrugada alta saiu para a rua e correu ao longo dos aterros, nua e desvairada. Nem Mestre Nonato dominou-lhe os gritos. Trancaram-na no quarto e seus berros ecoavam numa rouquidão esquisita. O povo esqueceu a morte de Zé-Rodrigues, acontecida um dia antes, para socorrer Cristina. Muita gente veio assistir sua loucura, ensinar remédios, abraçar Mestre Nonato, consolar dona Maria, sempre a chorar junto ao fogão.

Amarrada dentro da rede, Cristina contorcia-se, máscara de pavor nos olhos estriados, procurava fugir do braço que se aproximava como uma isca, fitas de todas as cores entre os dedos. O abraço sufocava-a, aquele peito cabeludo, branquejando de sal, deixava-a sem respiração. No desespero, a tranca de ferro era a única solução. Lutava contra as cordas que lhe prendiam o corpo. A mão com muitas fitas coloridas aproximava-se-lhe do peito e munida da tranca poderia partir aquele rosto de olhinhos pequenos e faiscantes. Correria para a noite, liberta.

Vieram homens sérios e calados, no carro negro, entraram no quarto. Era muito tarde e até o soldado que montava guarda à porta do *Gato Preto* veio assistir. Dia de muita tristeza, que todos eram amigos de Mestre Nonato e se condoíam de seu silêncio. Tarefeiros vieram de outras salinas, para além dos mangues, batiam-lhe no ombro, "é isto, Mestre..."

E depois que todos saíram, a casa ficou mais vazia, a salina mais deserta e abandonada. Mestre Nonato sentou-se na sala, olhos no chão, limpando o sujo das unhas. Dona Maria, na cozinha, escorada ao fogão, desatava seu sofrer. Os meninos sentados pelos cantos de parede, encolhidos, brincadeiras esquecidas. Apenas o caçula, na rede, dava sinal de vida, no choro sem fim. E ele, Bibio, no fundo do quintal, junto ao galinheiro. Ali o seu esconderijo. Nele se abrigava de todos os espantos e tragédias. Defendera-se do irmão morto e dos olhos sem vida de cego Delfino. E como das outras vezes, Mestre Nonato foi buscá-lo. "Saia daí, Bibio. Sua irmã vai voltar boa." Atravessou a casa e foi para a rua. Ninguém. Deserta a salina, deserto o campo de futebol.

E os amigos? Apenas Zelito, na janela de sua casa, saudava-o numa tímida solidariedade. E junto à porta do *Gato Preto*, fechado desde a morte de seu Zé-Rodrigues, dois dias antes, o soldado montava guarda, em passeios lentos.

A chuva engrossava. Carros passavam chiando nos catabis. Gente apressada fugia da água. Na casa em frente, nenhum sinal de vida. O guarda de oleado descia a rua, rodando o cassetete, indiferente à chuva, cabeça levantada, imponente.

Chegasse em casa teria de dar explicações. Puxavões de orelha. "Por onde andou, moleque?" Aproveitara a visita à irmã no casarão de toda uma rua. Não lhe permitiram que visse Cristina. Ficou sozinho na sala de muitas cadeiras, admirando a atitude silenciosa da mulher de branco, sentada à mesinha, lá no canto. "Espere aí, meu filho." Mestre Nonato entrou. Então, sozinho, olhou para a rua e identificou a árvore frondosa do outro lado da praça. Ali parara cego Delfino uma vez. Depois desceram algumas quadras e cego Delfino tocou músicas na rua de muito movimento, junto ao poste da esquina. Defronte, meninos brincavam de roda e as tranças dela voavam, a fita a descer leve pela cintura...

Levantou a vista, viu o cassetete girando perto do rosto.

– Está aí fazendo o quê, garoto?

O guarda de oleado. Empertigado, duro, imponente como uma estátua.

Acocorado como estava, recuou de mansinho, apoiando-se no chão, diante dos olhos duas botinas luzidias, grandes, pretas. E o cassetete a girar...

Firmou-se nas pernas, num supetão, e desabalou na

carreira, atropelando o povo, perdeu-se na rua iluminada e de muitos guarda-chuvas abertos.

O guarda, admirado, parou de rodar o cassetete.

5

A chuva descia compacta. O barreiro carago era ver uma lâmina a se estender até o horizonte. Baldes empapados d'água doce. Escoadeiras barrentas, caudalosas. Toda a salina era uma paisagem cinzenta debaixo da chuva. Inverno pegado. Trovões no nascente, novas e novas cargas desabando nas madrugadas. Casa do moinho, armazém, paióis, rua de casas de taipa, choupanas dos brabos, Zona – tudo diminuído de tamanho, tiritante, sofrido. Apenas as pilhas de sal grosso, branquinhas, cristalinas, polidas, enfeitavam a paisagem, perfiladas e mudas.

Safra terminada. Tarefeiros sumidos. Quase todas as casas fechadas. Rameiras da Zona debandavam para outros pagos, caçavam homens em pensões dos arrabaldes da cidade. As que ficavam, sem freguesia, procuravam as praias e os mangues. Subiam em jangadas para fornicações em alto-mar. Esperavam a volta dos mariscadores de caranguejos, lagostas e aratus, saias arregaçadas, lama grossa alcançando os joelhos, para troca de amores por mariscos e crustáceos. Impúberes, meninas de seios nascentes, comidas de coceiras e tosse brava, juntavam-se aos moleques, ensinavam-lhes verdades da vida por dois tostões.

Foi assim que um dia, fim de tarde chuvosa, Bibio voltava para casa abraçado aos pães e foi seguro pelo braço, no canto de cerca caída. Não usava tranças. Cabelos escorridos, olhos grandes, clavículas pontudas, rasgões no vestido muito sujo.

– Bichinho, me dê um pão desse...

– Me solta.

Ela olhou para os lados. Puxou-o para a moita perto.

– Vem cá, meu bem.

Bibio sentiu-se abraçado, beijado. Procurava se soltar, sufocava.

– Eu grito. Me solta.

Ela lhe alisou os cabelos. Bibio apertava os pães e tremia.

– Venha, bichinho... Pegue aqui.

Sentiu na palma da mão o seio morno. Puxou-o para si. Os pães caíram.

– Me dê o pão que eu deixo... Olhe.

Suspendia o vestido, guiava-lhe a mão para partes íntimas, enlaçava-o com as coxas finas pontilhadas de marcas de feridas. Sentiu então um pavor grande, lutou desesperado, e enlameado, pães sujos, desabalou na carreira.

Sob a chuva muita a salina hibernava. A placa pensa do *Gato Preto* parecia mais arriada. O soldado se fora. Dona Candoca também, com suas trouxas e teréns. Doutor Penaforte comprara a bodega e o *Gato Preto* passaria a armazém para fornecimento aos tarefeiros na próxima safra. De Guedegue nem notícias. A caçada fora grande, por todas as salinas, pela cidade. Boatos muitos. Mas Guedegue sumira-se com o vento. E muitos ali na salina juraram por sua inocência. Negra Gertrudes esqueceu um dia a bebedeira para defender o amigo. Fez escândalo, apontou nomes, envolveu muita gente na tragédia. Mestre

Nonato entrou na fila para os depoimentos. Do apurado, ficou apenas o nome de mais um morto para engrossar a lista comprida dos assassinados.

A chuva caía a cântaros. Uma que outra mulher, na tranquilidade de sua janela, cismando para o tempo, olhos mortos na paisagem cinzenta. Um que outro homem acocorado junto ao grande paiol. Alguma puta velha, cachimbando no batente de uma das casas da Zona. Até mesmo o quartinho, de porta escancarada, abandonado de visitas. No horizonte, o velho cata-vento era um farol esguio e sem luz, perdido na bruma, voltado para o mar aberto.

O barreiro carago era uma lâmina d'água. Lama pegajosa e visguenta. Nela negra Gertrudes, vinda dos mangues, encachaçada, espojava-se, escancarada e inconsciente.

Nos mata-pastos do campo de futebol os sapos coaxavam. Meninos mais taludos, com o frio e as águas recebiam a visita da puberdade e se reuniam nas moitas para a iniciação no vício.

As almas-de-gato, escondidas e tiritantes, não se aventuravam aos voos moles às tardinhas.

6

Rápido estio.

Um sol frio e tímido surgiu de entre as nuvens. Zacarias estendeu o pedaço de esteira sobre o batente do paiol e se sentou para fazer nada naquele fim de manhã. Os poucos tarefeiros que escaparam das dispensas em massa não mais punham a cabeça à janela. Deixavam-se ficar nas redes esperando o tempo passar.

Zacarias ficou ali assoviando baixinho, encolhido,

passeando com carícia os dedos nodosos sobre as muitas cicatrizes de maxixes espalhadas pelos pés. Cada cicatriz era uma história de muitos padecimentos. Aquela enorme, que lhe levara o pedaço de unha, lembrava o maxixe gigante contraído quando ainda tarefeiro brabo, de poucas safras, chegado do interior, inexperiente e de pele fina. Mais de mês a arrastar o pé inchado e disforme pelas sombras dos paióis.

Levantou a vista e, contraindo as pálpebras, divisou ao longe, como uma sombra diluída, o velho cata-vento. Quando chegou à salina, muitos anos atrás, dali mesmo do batente do paiol, fosse dia chuvoso e de neblina cerrada, sabia se o cata-vento estava ou não parado, que a vista era muito boa. Agora, tarefeiro manso, não seria capaz de divisá-lo por inteiro, mesmo em dias de muita luminosidade. A claridade intensa e cegante das épocas de safras minara-lhe a vista.

Ouviu passos. Mestre Nonato saudava-o:

– Bom dia, Zacarias.

– Sente-se, Mestre. A esteira dá pra dois. Não está molhada.

– De pé estou bem, Zacarias.

Mestre Nonato vinha de calças arregaçadas, canelas sujas de barro, pés enlameados.

– Chego do riacho, Zacarias. Andei por lá verificando o estrago. Com o chuvão e a maré forte... O mar anda mais brabo que em dia de lua nova. Nunca a água subiu tanto. Falei para seu Honório que precisa revisão geral nos aterros. Isto acaba mergulhado como a *Praia Larga*. E do prejuizão eu nem faço juízo.

– Ouvi dizer que a *Margarida* também anda sofrendo com as chuvas. A bicha foi mal construída. Os aterros estão virando sorvete. Só que é peixe muito. Ando pensando em ir lá amanhã mais compadre Nascimento, se a Teresinha melhorar. Sarampão recolhido. Dei o purgante que dona Odete ensinou. Resolveu nada, Mestre, resolver lá o quê. Febrão. Um piado forte de fim de vida.

Se a bichinha melhorar vou mais compadre Nascimento na *Margarida*. Quer ir também, Mestre? Me disseram que cavala ali faz lama.

– Nem me fale naquele estrupício, Zacarias. Não sou de querer mal a ninguém. Mas minha vontade é que a água leve tudo, por cima e pelas revências. Queria ver a *Margarida* no atoleiro, sufocada na papa do carago e do massapê. Lá paguei muitas vezes os meus pecados. Ainda me lembro do meu primeiro dia de serviço. Deixei a mulher com os dois meninos debaixo dum cajueiro e fui carregar cestos. Me estrepei numa queda, ainda trago a marca. Ouvi muita descompostura, muito desaforo. Quando larguei de lá foi para não botar mais os pés. Meu juramento tem valia. Sou de vergonha, Zacarias.

– A *São Jorge* tirou este ano cento e oitenta mil sacas de sal. E as pirâmides cobrem os aterros de ponta a ponta. *Seu* Leopoldo anda contratando tarefeiro manso para a outra safra. Conhece negro Dão?

– Aquele de pé torto, da *Deus-te-Guarde*? Conheço.

– Pois *seu* Leopoldo mandou chamar ele. Também estou pensando em voltar para lá. Clima de mangue. A bichinha até que podia ficar boa. A gente formava uma turma, Mestre. Trabalhar de empreita, na *São Jorge*, é bem mais futuro.

– Foi lá que lhe conheci, Zacarias. E parece que você se esquece logo do passado. Pra *São Jorge*? Vou o quê, Zacarias. Conheço aquilo. Quantos empreiteiros saíram de lá brigados? A morte de Mundico dos Anjos, boiando no Poço da Draga, foi serviço de quem? E o teu primo, consumido de calos brancos, quem lhe deu ajuda? O santo da *São Jorge* é como o da lua: só mostra um lado. Só penso em largar isto e voltar pro sertão. De sal estou bem aprendido. Seu Honório falou comigo, pediu pra eu ficar. Não dei garantia. Estou com a menina no Asilo, Zacarias. Não posso deixar a pobrezinha no abandono. A Maria chora todos os dias. Aqui na *São Francisco* perdi o meu menino mais velho, Cristina amalucou do juízo, mas pelo menos todo mundo me trata de boa paz. Se seu Honório dispensar minha conta no *Gato Preto*...

– Dispensar o quê?

Mestre Nonato desconversou:

– E para onde terá ido dona Candoca, Zacarias?

– Andei ouvindo que ela se botou pro outro lado da cidade, para casa de uns parentes. E Guedegue será que foi ele, Mestre?

– Sei não, Zacarias. Sei não. Eu falei pro doutor o que eu sabia. E de verdade que eu não sabia nada. Guedegue era sujeito de manias, mas não estendo a mão para um juramento. Finado Zé-Rodrigues tinha também suas violências. Comigo sempre foi de muita bondade, não tenho o que me queixar. A gente nunca deve se meter em encrenca dos outros. Quantos já se finaram aqui?... Guedegue era homem capaz de tudo, mas o finado, que Deus me perdoe, possuía seus inimigos. Deixou rastro desde quando negociava nas salinas do outro lado dos mangues.

Puxou um cigarro:

– Estou pensando, Zacarias: até que nesta safra pouco foi o acontecido. Até que foi tudo muito normal.

Olhou o tempo:

– E por onde andará Chico Benedito... E de cego Delfino, nunca apareceu um parente para saber notícia dele. Nunca me falou na sua gente. Dizia só que tinha sido vaqueiro e que perdeu a vista no sal. Calado com seus acontecidos. Como velho Alípio...

– Seu Alípio anda melhorado, vi ele por aqui outro dia.

Mestre Nonato soltou algumas tragadas:

– Vou chegando, Zacarias. A pancada d'água vem aí.

– Também vou, Mestre.

Zacarias levantou-se, enrolou a esteira, prendeu-a debaixo do braço. Saíram conversando. Os trovões se chegavam. Nuvens pesadas subiam do mar. Faíscas pincelavam o horizonte.

– Mas Mestre...

– Sim.

– Cheguei a ver o corpo do finado. Ainda hoje me assombra aquela visão. Estirado numa poça de sangue, brecha grande na cabeça, a mão segurando uma porção de fitas... Parece que andava arrumando o armarinho e a pancada foi de surpresa.

– Nem é bom a gente falar mais nisto, Zacarias.

Perto do *Gato Preto*, fechado e no abandono, placa arriada, bamba, quase a cair, descobriram o homem que passava sobre o aterro. Saudaram-no. E ele se chegou.

– Como vai o *São Jorge*, Zé-Mílton?

Trocaram novidades. O tarefeiro falou das chuvas muitas, do prejuízo de quase três mil sacas de sal. O inverno chegou ainda quando muito sal estava sendo cristalizado.

– *Seu* Leopoldo ficou doido da vida. Dispensou meio mundo, até mesmo velho Mestre Pedro Ramos entrou na dança.

– Zé-Mílton...

– Diga, Mestre.

– A *São Jorge* conheço bem. O que tem de grande tem de amaldiçoada...

Demoraram-se na conversa. A chuva surpreendeu-os. Chicoteante, rápida, cerrada. Dispersaram-se na carreira.

Zacarias abrigou-se ao beiral do velho paiol de sacarias. Ali ficou, abraçado à esteira, vendo a chuva cair, chicotear a vasta salina em vassouradas ligeiras. Pilhas de sal grosso, perfiladas sobre os aterros, pareciam tiritantes. Uma solidão e um abandono.

Ali consumira suas forças, sua vista. Enchera-se de maxixes e calos brancos. O pau dos balaios deformara-lhe o ombro. Brechas enormes enfeitavam-lhe a sola dos pés. Nada tinha de seu. Quando chegou à salina, brabo e cheio de esperanças, ouviu de velho Nocrato: "Cloreto come que nem ferida braba, Zacarias".

A chuva afinava. A manhã de inverno espalhava por toda a parte uma moleza, uma quebradeira de preguiça. As pancadas d'água levaram todos para outros pagos. Ficaram os mestres tarefeiros, curtidos e calejados de muitas safras. Na pasmaceira e na preguiça esperariam meses, revendo revências e limpando baldes, recebendo metade de diária para o sustento, até que o sol voltasse a brilhar em toda a sua luminosidade cegante e os magotes de tarefeiros, vindos dos sertões e dos arrabaldes da cidade, de todas as idades, sadios e doentes, voltassem para as novas safras.

Passou Mestre Nonato rumo de casa.

– Ainda aí, Zacarias? Passei a chuva na casa de Romualdo.

– Pelo jeito o tempo vai levantar...

– Parece.

– Seu Honório já mandou descer o resto do sal pro armazém da cidade?

– O caminhão levou tudo muito cedo. De sal moído agora aqui na salina, amigo Zacarias, só comprando...

– Ouvi falar em encalhe.

– Também ouvi essa conversa, no começo da safra. Mas já reparou, amigo Zacarias, que todos os anos doutor Penaforte aparece com a mesma conversa de que o sal está sem preço?

– A *São Jorge* gritou até pelo jornal que andava com um prejuizão medonho, por causa do encalhe, quando os chefes de turma foram pedir melhor preço pelas empreitas.

– Me lembro.

Zacarias, abraçado à esteira, com as pontas dos dedos coçava o queixo.

– Mestre, não tem remédio que dê jeito.

– De quê?...

– A Teresinha. A bichinha está se consumindo no sarampo.

– Pra sarampo não tem remédio nem de doutor,

Zacarias. É reima de criança. Vai embora como vem.

– Estou pensando em falar com seu Honório, ele conhece um médico...

– De doutor estou desiludido. Minha menina está no Asilo sofrendo mais dia a dia, e cadê a ciência deles? Ainda ontem levei pra ela umas fitas, que era o de que mais gostava. Pois ela se assombrou e precisou dois enfermeiros para agarrar ela e amarrar. Não contei nada pra Maria.

– É sina, Mestre...

– Me conformo com os castigos de Deus, Zacarias.

A chuva voltava a engrossar. Despediram-se. Zacarias cobriu-se com a esteira e marchou ligeiro para casa.

Mestre Nonato, indiferente aos pingos grossos, andava devagar.

7

Noite fechada. Chuva constante, tamborilando no telhado. Cusparadas de goteira no canto da sala. O vento a entrar pelas frinchas da porta e janela. Toda a salina dormia debaixo do aguaceiro e das trovoadas.

Mestre Nonato estirou-se na rede, armada na sala, acendeu outro cigarro. Dona Maria, no tamborete, junto à parede, remendava panos, a lamparina sobre o caixão de querosene. Bibio encolhido no canto contava os pingos da goteira.

– Maria...

– ...

– Bota uma vasilha para aparar essa goteira.

A mãe ordenou ao filho:

– Vá buscar uma panela, Bibio. Traga aquela de aselha quebrada. Está no canto do fogão.

Bibio levantou-se sonolento, marchou para o corredor escuro, passando por debaixo das redes.

Mestre Nonato embalava-se de leve. Os relâmpagos clareavam em chicotadas rápidas.

– A coitadinha está lá sozinha, hem, Nonato...

Bibio voltou, pôs a panela no chão, e os pingos da goteira mudaram de som.

– Lá é que ela devia estar há muito tempo, Maria. Perdeu um tempão andando solta aqui na salina. Me arrependo disso. Bem tinha razão velho Irineu. Disse muita vez que a maresia para a moleira dela era muito reimosa.

– E será que ela fica boa mesmo?

Primeiro soltou algumas tragadas e, apoiando a mão no chão, impulsionou a rede.

– Você viu o doutor falar. A doença tem muita dificuldade...

Mestre Nonato lembrou-se da noite em que fora assistir a tragédia de Zé-Rodrigues. Na volta vira a filha ali na sala, olhar de angústia, "pai, perdi minha fita". Desde então, Cristina ficou triste. E, alucinada, correu para a rua, nua e possessa.

– Nonato...

– Que é?

– Seu Honório combinou tudo direito?

Sentou-se na rede, jogou a ponta de cigarro no chão, pisou.

– Falei pra ele na dívida. Até pensei em ficar calado. Mas a gente tem que olhar pro direito. E eu devia pro finado. Um conto e oitocentos é muito dinheiro. Não sou de safadagens. Pois contei tudo a seu Honório.

Dona Maria suspendeu o trabalho, olhos no marido, agulha paralisada. Mestre Nonato levantou-se, ajeitou o punho da rede, voltou a deitar-se.

– Me falou que ia pensar. Esculhambou o finado, que ele me roubou nas contas. Não sou de crença. Finado Zé-Rodrigues era meu amigo. Tinha suas brigas, mas não era de carregar nas contas, pelo menos comigo. Tenho certeza.

– E seu Honório vai dispensar a dívida?

– Sei lá! Só falei...

Tossiu, ralhou com Bibio para deixar a panela em paz.

– Quer que eu fique para a outra safra... Insistiu.

Justificou, áspero:

– O que eu posso fazer, mulher? A menina não pode ficar largada no Asilo.

A trovoada ribombava, a chuva metralhava forte.

– Mas a gente larga isto, Maria. É só a menina voltar boa. Invernão como este vi poucos. O sertão está nadando no aguaceiro. O que a gente ganhou saindo de lá? Velho Alípio anda mudado, limpo da vista. Benedito deve andar na grandeza, no Sul. Até Delfino fez muito bem se finando. Zacarias meteu-se no cloreto primeiro do que eu e só tem é padecido.

Silêncio longo. E o pinga-pinga lá fora.

– A filha dele está muito doente de sarampo...

– A filha de quem?

– A Teresinha, de Zacarias.

– Ele me falou...

Agora era dona Maria quem ralhava com o filho para não brincar com a panela.

– Maria...

– Que é?

– Ouvi hoje de tarde Romualdo dizer que Guedegue foi pro Amazonas.

Olhar de muita interrogação e curiosidade:

– E quem contou pra ele, Nonato?

– Andou ouvindo essa conversa lá pela *São Jorge*.

Esbravejou:

– Larga a merda da panela, Bibio! Deixa a goteira em paz.

Olhar duro de repreensão para o filho. Depois tossiu, bocejou, reatou a conversa, olhos na lamparina:

– Ainda estou na intenção que não foi ele...

– E quem foi?

– Sei lá. Quantos já se danaram aqui? Se lembra do Policarpo, do Abel, do Cosme? E a mulher de Benedives, no ano passado, se lembra? Todo o mundo botou culpa no Antônio Pedro. Foi preso. E ele bem que estava na sua inocência.

Alisou o calo do ombro, mondrongo desconforme:

– Tem uma coisa me avisando que não foi Guedegue... E ajeita o pavio da lamparina, o fumaceiro está muito grande.

Dona Maria abandonou o serviço e com um grampo socou o pavio no bico da lamparina, diminuindo o lume. Os trovões ribombavam longe. A chuva afinava. Silêncio grande. Ronco dos filhos nas redes, no corredor e quarto. Pingos compassados da goteira.

Mestre Nonato soltou o berro, em pé, perto do filho:

– Menino maluvido! Larga a porra dessa panela! Já pra rede, vamos!

Bibio levantou-se, saiu escorando-se pela parede, olhos no pai, sumiu-se no corredor. Mestre Nonato continuou recriminando:

– Este moleque anda com o cão nos couros. Ainda lhe dou uma surra de cinturão para se ajeitar. Anda de cabeça virada. Naquele dia que fomos ver Cristina, fugiu e chegou noite alta, você aqui morrendo de agonia. No dia em que chegou com os pães sujos de lama não dei um ensino nele por causa de você.

– O bichinho...

– Não é mais criança. Anda precisando de uns consertos. Na próxima safra vai ter o que fazer. Está taludo, precisa dar um fim à vadiagem.

Da cozinha, na rede armada quase sobre o fogão, vestido e sujo como estava, Bibio ouvia as recriminações. A mãe também se metia na conversa. Falaram muito a seu respeito. Ouvia tudo com os olhos muito abertos, coração pulsando forte.

Notou que a claridade da lamparina chegava à cozinha. Dirigiam-se para o quarto. Continuou atento à conversa cochichada, agora sobre outros assuntos, interrompida por longos silêncios. Os relâmpagos desapareceram. Apenas a goteira na sala pinga-pingava lenta e os mesmos roncos dos irmãos. E do galinheiro vinham *cocorocós* gasguitos. Então começou a alisar a borda da rede, de leve. E como nas últimas noites, sentia na palma da mão o contato morno de um seio túmido. O gesto era o mesmo de quando acariciava compridas tranças, dedos correndo, de mansinho, a borda da rede, em gostosa carícia. A mão ia e vinha. A pele era macia e o seio crescia para o agrado. Seus olhos eram grandes, clavículas pronunciadas, cabelos escorridos. Abraçava-o, beijava-o, derrubava-o na lama, suspendia o vestido e guiava-lhe a mão para os seus segredos.

A mão abandonou a borda da rede, desceu como um animalzinho de muitas pernas, pousou na parte secreta do corpo, como lhe ensinara Zelito, num dia em que foram banhar-se no riacho. E ela, os olhos muito grandes, oferecia-se como uma flor, os cabelos lisos e sem brilho transformaram-se em belas tranças louras. E ele a dominava, louca a sua carícia, e a barra do vestido lhe cobria o rosto, em rodopios violentos, até se perderem no infinito...

Depois, abandonou-se numa lassidão e sentiu-se envolto em grande paz.

A chuva voltava a cair, sonora. A goteira, na sala, apressava as cusparadas.

Casebres fechados, engelhados de sono...

Mestre Nonato subiu ao aterro.

Dormia a salina na manhã de inverno. Vapores subiam dos baldes. Cinzentas dunas ondulavam no lusco-fusco dos primeiros raios frios. Casebres fechados, engelhados no sono.

Chutou o torrão mole de barro, que pingou fragmentado na água barrenta da escoadeira. Círculos de pequeninas ondas abriram-se como olhos. Ficou a observá-los. Velho Alípio, os olhos duas postas de sangue, estriados, lenço a enxugá-los, "bom dia, Mestre".

Acendeu o cigarro, foi e voltou, em passadas curtas. O *Gato Preto*, pegado à casa do moinho, com sua placa quase a cair. Cego Delfino, acocorado, encolhido, fetal, viola e cacete ao lado. Zé-Rodrigues abria os braços, no bocejo longo, cabelos do peito branquejando de sal moído, "Mestre, aqui o senhor manda..." Guedegue no passo bambo de jangadeiro, ferro-de-cova às costas, "faço o seu serviço, Mestre".

Acocorou-se voltado para a rua de casebres, braços pendidos sobre os joelhos. Ali a sua casa, imprensada entre outras, mirradinha, sufocada, pegada à de Chico Benedito, a tiritar de febre, maxixes muitos nos pés inflamados, "largo isto e vou pro Sul, Mestre". E os homens passavam conduzindo a rede, sangue do assassinado a gotejar no chão. A viração soprou forte, fria, zoando na planície – "Daniel! Daniel!" O cortejo perdia-se dentro da noite, candeias pontilhavam os cristalizadores de luzinhas de sangue. Tarefeiros jogavam *onça*, à sombra do grande paiol, coçavam suas mazelas, esfregavam os olhos inflamados, e seu Honório tomava apontamentos, metido nos suspensórios, eficiente, braço estendido a contar cestos e carros-de-mão que carreavam sal dos baldes. Então negra Gertrudes estendeu os braços para a amplidão, do alto do aterro, clamou desvairada pelo seu homem. Como uma pomba da paz, procurava intervir, "vamos deixar de tolice, meu povo". Os lábios do filho mais velho pediam socorro, sacas de muitos quilos sufocavam-lhe o peito...

Jogou fora a ponta de cigarro. Espreguiçou-se. Levantou-se, desemperrando os nervos. Permaneceu ali sobre o aterro, a fitar a vasta salina, o céu de chumbo. Nuvens de carneirinhos traziam trechos picados do *Capineiro*, o ramo murcho era um companheiro inseparável, "perdi minha fita, pai..." Ela corria em torno da mãe, debaixo do cajueiro, e as tábuas podres e escorregadias do empranchamento estendiam-se como uma ponte imensa solta no espaço, "despeje tudo naquela pilha e volte logo".

Acariciou o calo do ombro, lagarto imenso, herança de anos e anos a carrear cestos de sal, vista curta, sinais de maxixes e calos brancos, brechas profundas na sola dos pés. Descobrindo-se da bruma, os casebres dos brabos e a Zona das raparigas. Pagodeiras e acordes de violões, mulheres desgrenhadas, peitos à mostra, a correr no desvario do porre. E chegava gente de longe, dos mais distantes confins dos mangues, cortejo silencioso de candeias enfrentando a noite chuvosa para apreciar de perto a tragédia de Zé-Rodrigues. Os pés se destacavam do caixão e cego Delfino impunha respeito e silêncio com sua ausência. Guedegue apreciava da janela, capiongo, triste, talvez fosse verdade o que o povo falava em cochichos maliciosos, "tem urubu arrastando asa perto de sua filha, Mestre".

A salina hibernava. Chocadores, escoadeiras, cercos – tudo um manancial de água doce. E os pingos ralos a cair, a descer impertinentes. Inverno pegado. Lá possuía seus teréns, roçado com milharal empendoado, "seu Manezinho, se lembra dele?" Tinha tranquilidade, seus amigos e bem viver, "salina só tem beleza por fora, Nonato. Rói por dentro que nem rato".

– Largo isto...

– Falando só, Mestre?

– Hem!...

Virou-se, estudou posição, pigarreou:

– Bom dia, Misael.

– Estava rezando, Mestre?

– ...

– Chuvarada muita, hem?

– Ora...

Misael se foi, braços cruzados, encolhido, soprando a friagem. Parou adiante, virou-se:

– A filha de seu Zacarias morreu de madrugada. Sarampo. Já sabia, Mestre?

Não respondeu. Respirou fundo, acendeu outro cigarro e, em passadas lentas, evitando poças d'água, marchou para a casa do amigo.

O apito da fábrica, no subúrbio distante, chamava os operários.

O SAL DA TERRA

*Por João Clímaco Bezerra**

Apesar da aparente ausência de perspectiva para a chamada literatura regional, não conseguiu, ainda, o romance brasileiro fugir a esse destino fatal. As implicações de ordem psicológicas ou sociológicas que o assinalam, com maior ou menor intensidade, não chegam, propriamente, a caracterizá-lo. A terra e o homem, na sua ecologia que cria costumes e atitudes, afinal, marcam todo o romance brasileiro de norte a sul.

Não é por acaso que o Brasil é formado por autênticas ilhas de cultura. E cada uma delas, por uma espécie de fatalidade histórica, assinalada por profundas características humanas e geográficas. E corolariamente econômicas e sociais.

Mas, talvez, nenhuma dessas ilhas possua tão nítidas e irreversíveis diferenciações como o Nordeste.

Antes de tudo, há o fator clima dividindo o próprio Nordeste em duas regiões indisfarçavelmente distintas: o Nordeste úmido, canavieiro, com a predominância do passado agrícola, a herança das lendas, superstições e crendices do trabalho escravo, e o Nordeste seco, áspero, estendido nos seus infinitos criatórios de gado, povoado de histórias de beatos e cangaceiros.

Nos limites deste pequeno mundo bárbaro, as relações de homem e natureza não se estabeleceram em harmonia.

Homem e terra se constituíram adversários em luta permanente. Ora o homem vencendo a terra, modificando-lhe a paisagem, atenuando-lhe as fatalidades, na eterna tentativa de converter o deserto no oásis do seu pequeno quinhão. Ora a terra vencendo o homem, expulsando-o para longe, tangendo-o com a fatalidade inexorável da seca. E, numa reconciliação mais amorável, a chuva trazendo esse homem de volta à terra judiada.

A literatura, que não é apenas uma reconstituição da vida, mas a própria vida, não poderia, nos limites desse fatalismo, fugir ao destino da terra e do homem. E é dentro desse aspecto, sem a menor dúvida, que temos de situar o regionalismo nordestino, se desejamos uma literatura fiel e viva. Pois o homem, fonte de toda obra legitimamente artística, é, antes e acima de tudo, um bicho da terra.

Mas poder-se-ia dizer, a esta altura, que a evolução econômica e social do Nordeste abre perspectivas novas para a região inteira. E que, consequentemente, essa evolução, pelo menos com relação à paisagem e ao novo comportamento do homem, não pode deixar de exercer profundas influências na literatura. É um truísmo, cuja citação impõe um pedido de desculpa. Mas real.

O Sr. Caio Porfírio Carneiro, que é um cearense radicado em São Paulo, foge ao tema da seca, mas permanece fiel ao Nordeste, trazendo para o romance, pela primeira vez, um desses aspectos novos, notadamente característicos. Traz para o romance o pequeno mundo do sal, estranho e pequeno mundo, onde o mar, sempre presente, não é uma sugestão para a viagem que vive em todo o nordestino, mas uma corrente prendendo o homem à terra.

As salinas são um Nordeste diferente. Não é o Nordeste da terra do massapê, das árvores gordas, dos engenhos, dos canaviais. Não é o Nordeste dos tabuleiros sem fim, de sol ardente e da mataria raquítica sem folhas e de raízes às avessas apontando para o céu.

Mas um Nordeste onde aparece, incipiente, mas vigorosa, a sua primeira organização industrial. Ao invés do senhor de engenho, do fazendeiro, donos da terra e do homem, a salina, entidade de identificação mais ou menos abstrata, embora, paradoxalmente, presente e dominadora.

A história com que o Sr. Caio Porfírio Carneiro, contista de altos méritos, se inicia no romance é uma história excessivamente simples. Uma história que não consegue libertar-se do fatalismo regional. Não obstante toda ela transcorrida na salina, a presença da seca, que é o drama maior da região nordestina, se impõe e domina. Pois foi a seca quem tangeu Nonato – Nonato Aparecido da Silva – para as salinas. Um cabra do sertão, egresso de um mundo diferente e já esquecido para muitos dos que se adaptaram, antes de Nonato, à nova forma de existência.

Porque, na verdade, há para o "brabo" da salina toda uma nova vida que se estende à sua frente. O processo de adaptação se opera intensa e extensamente. Novo modelo de ação, nova linguagem, demandando um aprendizado persistente e indispensável. E o clima, igualmente, exige do homem novo uma adaptação, violenta, queimando-lhe impiedosamente a carne habituada ao sol dos descampados.

A vida da salina, para o sertanejo acostumado às lonjuras dos tabuleiros, é diferente. É uma nova vida, onde as criaturas se unem através das casinhas do povoado, numa mistura que o sertão desconhece. Mocinhas e prostitutas, mulheres casadas ou casais simplesmente amigados, naquela promiscuidade que é o traço de nitidez maior da miséria.

Durante os longos anos que se passam, Nonato se transforma num mestre da salina. Seus olhos se acostumam à claridade cegante da brancura do sal. Assiste ao transcorrer da sua vida, apagada, sem lances heróicos e sem covardias. Vê o filho morrer, esmagado por uma pilha de sacas de sal, vê a filha enlouquecer, correndo como alma penada pelas areias cobertas do sal virgem. Suas mãos, seus pés, seus ombros, seus olhos, tudo é do homem da salina, mas o sertanejo continua a habitar a sua lembrança. Promete à mulher de ano a ano voltar à fazenda de gado, àquele mundo que não passa de reminiscências. E cada ano se prende mais à salina, cada ano enxerga, mais de perto, seu destino, que não poderá ser diferente do de quantos se finaram naquele trabalho rude e sem esperança.

O Sr. Caio Porfírio Carneiro conta uma história singela. História singular, onde as vidas paralelas se irmanam, pelo menos, na identidade das perspectivas mesquinhas.

A salina não passa de uma entidade, mas é o traço de união daquelas criaturas desvalidas.

Guedegue, Bibio, Cego Delfino, Mestre Nonato, por vezes, perdem a sua condição humana. São a salina. Ainda quando Mestre Nonato, no silêncio da noite, ao embalo da rede, sonha voltar ao sertão, é a salina quem o agarra e o prende.

Não há salvação além das fronteiras iluminadas e excessivamente brancas do submundo do sal. A vida de cada um, com as suas mesquinharias, seus dramas minúsculos, suas aspirações humildes, seus sonhos que não se tornarão realidade, não chega, sequer, a individualizar as criaturas. Se a salina morresse, todos eles acabariam de morrer, pois, na realidade, não chegam sequer à consciência plena da existência.

Escolhendo as salinas para cenário do seu romance de estreia, o Sr. Caio Porfírio Carneiro não fugiu ao Nordeste. Apenas situou-se num Nordeste diferente, povoado pela mesma gente judiada, sofrida, e, por vezes, alegre. Uma gente que sofre permanentemente, mas que, também, ri e canta, se bem com tristezas.

O Sal da Terra é uma afirmação. Romance de um Nordeste desconhecido para o próprio nordestino. Mas um Nordeste identificado nos mesmos problemas, nas mesmas angústias, nas mesmas aspirações da região inteira.

Fortaleza, 13 de março de 1966.

---

* João Clímaco Bezerra é romancista, crítico e jornalista cearense de prestígio nacional. Nasceu em 1913, em Lavras de Mangabeira(CE), e faleceu em 2006. Autor, entre outros, de *Não há estrelas no céu* (romance, 1948) e *Longa é a noite* (romance, 1952).

Esta obra foi impressa pela Gráfica EME, Av. Brig. Faria Lima, 1080, V. Fátima,
Capivari-SP, para a Associação Cultural Letra∫elvagem em maio de 2010